David Michie

Die Katze des Dalai Lama und
DER ZAUBER DES
AUGENBLICKS

Aus dem Englischen übersetzt
von Kurt Lang

WILHELM HEYNE VERLAG
MÜNCHEN

Die Originalausgabe erschien 2015 unter dem Titel
»The Dalai Lama's Cat and the Power of Meow«
im Verlag Hay House Inc., USA.

Sollte diese Publikation Links auf Webseiten Dritter enthalten,
so übernehmen wir für deren Inhalte keine Haftung,
da wir uns diese nicht zu eigen machen, sondern lediglich
auf deren Stand zum Zeitpunkt der Erstveröffentlichung verweisen.

Penguin Random House Verlagsgruppe GmbH FSC® N001967

Taschenbucherstausgabe 04/2021

Ich habe mit mehreren Zen-Meistern gelebt –
alles Katzen.

Eckhart Tolle
(Autor von *Jetzt! Die Kraft der Gegenwart*)

Den Dingen geht der Geist voran; der Geist entscheidet.
Entspringen reinem Geist dein Wort und deine Taten,
folgt das Glück dir nach, unfehlbar wie ein Schatten.

Buddha, *Dhammapada*

Prolog

Zu meiner Schande muss ich dieses Buch mit einem überaus peinlichen Geständnis eröffnen. Es ist mir sehr unangenehm, darüber zu sprechen, schließlich lebe ich mit dem Dalai Lama unter einem Dach, bin ständig von den Mönchen des Namgyal-Klosters umgeben und begegne den berühmtesten Meditationsmeistern des tibetischen Buddhismus. Da sollte man eigentlich meinen, dass zu meinen vielen Qualitäten auch die Kunst des Meditierens zählt.

Doch weit gefehlt, liebe Leser!

Ich bin mit meinen hypnotischen blauen Augen, dem kohlschwarzen Gesicht und dem üppigen cremefarbenen Fell unbeschreiblich schön, dazu international bekannt. Die Berühmten und Mächtigen dieser Welt, mögen sie nun im Oval Office, im Buckingham Palace oder zurückgezogen in den Hügeln Hollywoods residieren, erkundigen sich regelmäßig nach meinem Befinden.

Nur … was die Meditation betrifft, bin ich alles andere als ein Naturtalent.

Dabei habe ich es schon oft versucht. Aber sobald ich mich auf meine Atmung konzentrieren will, wandern meine Gedanken automatisch zu Mrs. Trincis gehackter Hühnerleber oder den Schmerzen in meinen Hinterbeinen. Manchmal schaffe ich es sogar irgendwie, an beides gleichzeitig zu denken.

Der Glaube, wir Katzen seien achtsame Kreaturen, die ständig »im Hier und Jetzt leben«, ist weit verbreitet. Nun, dass wir über eine hohe Konzentrationsfähigkeit verfügen, steht außer Zweifel. Insbesondere wenn unser Jagdinstinkt geweckt wird. Jedoch verbringen wir auch viel Zeit mit Denken, selbst wenn man es uns vielleicht nicht ansieht. Andererseits: Wie viele *eurer* Gedanken sind denn sichtbar? Und wenn sie es wären – glaubt ihr, dass euch dann auch nur ein einziger Freund bliebe?

Solltet ihr jemals Zweifel daran gehabt haben, dass euer samtpfotiger Gefährte Verstand und Gefühl besitzt, dann beobachtet doch einfach mal, was geschieht, wenn eure Katze einschläft und die bewusste Kontrolle über ihren Körper verliert. Unweigerlich werdet ihr ein Zucken der Gliedmaßen, ein Zittern des Mäulchens wahrnehmen, womöglich sogar ein Schniefen oder Miauen hören. Was sollten diese Phänomene anderes sein als unwillkürliche Begleiterscheinungen des Traums, der sich in unserem Geist abspielt? Katzen sind tatsächlich zu großer Achtsamkeit fähig. Doch wir sind auch denkende Wesen.

Ich für meinen Teil denke vielleicht sogar ein bisschen zu viel.

Genau aus diesem Grund kam ich zu dem Schluss, dass die Meditation zwar nützlich, lebensverändernd und definitiv das Richtige für mich wäre, dass ich aber noch nicht sofort damit anfangen müsste. Vielleicht nächstes Jahr, wenn sich die Mönche des Namgyal-Klosters zum Retreat zurückzogen. Wäre das nicht der ideale Zeitpunkt, um mich ernsthaft damit zu beschäftigen? Oder während der dunklen Wintermonate, in denen viele Lebewesen den natürlichen Drang verspüren, sich von der Welt zurückzuziehen und der kontemplativen Innenschau zu widmen? An Gelegenheiten, meine Meditationspraxis wiederaufzunehmen, mangelte es jedenfalls nicht.

Nur heute tat sich keine auf.

Vielen Meditationswilligen mangelt es an Praxis. Sie mögen ein Dutzend Bücher zum Thema gelesen haben, aber sie meditieren nicht regelmäßig. Bis vor Kurzem, liebe Leser, zählte auch ich zu diesen Dilettanten. Bis ich eine tief greifende Veränderung durchmachte. Aber so geht es den meisten: Irgendein Ereignis wird zum Auslöser, treibt einen auf einen Weg, den man »eigentlich« schon des Öfteren einschlagen wollte. Was aber nie so recht geklappt hatte.

Nur wenige sind geborene Meditationskünstler. Andere arbeiten hart an sich. Den meisten von uns aber drängt sich die Meditation irgendwann regelrecht auf. Ich will meine Geschichte nicht nur deshalb mit euch teilen, weil sie so außergewöhnlich ist – kein Wunder, schließlich bin ich selbst ziemlich außergewöhnlich. Nein, vor allem will ich euch die Geschichte, wie ich zur Meditation kam, erzählen, weil ich glaube, dass ihr sie nachvollziehen könnt. Sie versteht. Vielleicht sogar ein winzig kleines bisschen von euch selbst in mir wiederfindet – was ja nicht das Schlechteste wäre, oder?

Liebe Leser, macht es euch auf eurem Lieblingssofa oder -sessel gemütlich. Sorgt für einen ausreichenden Vorrat an Getränken und Snacks. Schaltet das nervtötende Handy aus oder verbannt es in einen anderen Raum. Überredet euren heiß geliebten schnurrenden Freund, sich zu euch zu gesellen.

Seid ihr bereit? Sitzt ihr bequem?

Sehr schön. Dann fangen wir an.

Erstes Kapitel

Alles begann mit meiner sprichwörtlichen Neugier. Ein streunender Hund hatte die Nacht auf der Fußmatte vor unserer Residenz zugebracht. Als ich am Morgen aus dem Gebäude trat, hielt ich inne, weil ich den üblen Geruch witterte, den er hinterlassen hatte, und versuchte, seine Rasse zu bestimmen. Auch auf dem Rückweg blieb ich noch einmal kurz auf dem Fußabtreter stehen.

Kurze Zeit später lag ich auf der Fensterbank in den Gemächern des Dalai Lama im ersten Stock. Mein Lieblingsplatz – nicht zuletzt, weil man von dort mit geringem Aufwand sehr viel beobachten kann. Außerdem gibt es nichts Schöneres, als mit dem Dalai Lama in einem Raum zu sein. Ob es nun an seiner Präsenz, seiner Energie oder seiner Liebe liegt – wenn man in seiner Nähe ist, überkommt einen unweigerlich eine tiefe Glückseligkeit und man hat die unumstößliche Gewissheit, dass unter der Oberfläche alles gut ist, was auch geschehen mag.

An besagtem Morgen hatte ich es mir also gerade auf der Fensterbank gemütlich gemacht und wartete darauf, in die wohlwollende Aura des Dalai Lama eintauchen zu können, als mich plötzlich ein starker Juckreiz befiel. Ich drehte den Kopf und leckte mich wie wild, doch davon wurde das Jucken nur noch schlimmer! Ich kratzte mich wie verrückt und biss mir sogar stellenweise die Haut von Bauch und Rücken. So etwas hatte ich noch nie erlebt. Als wäre mein Körper von Kopf bis Pfote das Ziel einer Armee unsichtbarer Angreifer!

Seine Heiligkeit sah besorgt von seinem Schreibtisch auf.

Nur wenige Augenblicke später hörte das Jucken so unvermittelt auf, wie es begonnen hatte. Hatte ich mir das alles nur eingebildet? War es eine der unergründlichen Launen des Karmas gewesen?

Später an diesem Tag, als ich gerade von einem Spaziergang zurückkehrte, erfolgte der nächste Angriff. Der Schmerz kam so unerwartet und war so stark, dass ich von dem Aktenschrank im Assistentenbüro sprang, unsicher auf dem Boden landete und mir wild zappelnd den Rücken leckte und kratzte. Mit einem Mal schienen hundert kleine Plagegeister auf meiner Haut zu krabbeln und mich mit glühend heißen Zangen zu kneifen. Es war so schlimm, dass ich an nichts anderes mehr denken konnte als daran, diese Plage schnellstens wieder loszuwerden.

Tenzin – die rechte Hand des Dalai Lama in allen weltlichen und diplomatischen Angelegenheiten – spähte an seinem Schreibtisch vorbei. Er war gerade damit beschäftigt gewesen, eine Mail an einen skandinavischen

Popstar zu schreiben, der in den Achtzigern große Erfolge gefeiert hatte. Nun sah er mich überrascht an.

»KSH?« Wie gewöhnlich sprach er mich mit meinem offiziellen Titel an: Katze Seiner Heiligkeit. »So kenne ich dich ja gar nicht.«

Gut beobachtet. Aber sonst wurde ich ja auch nicht von diesen grässlichen Juckattacken gequält, die mich im weiteren Tagesverlauf und auch die Nacht über heimsuchten. Ich war kurz davor, den Verstand zu verlieren.

Am nächsten Tag rief der Dalai Lama gleich in der Frühe seinen Assistenten zu sich. »Tenzin, unsere kleine Schneelöwin hat arge Probleme.«

Normalerweise hüpfte mein Herz vor Freude, wenn mich Seine Heiligkeit mit diesem Kosenamen anredete. Doch nicht an jenem Morgen. Stattdessen zuckte ich wie aufs Stichwort zusammen und ging mit gefletschten Zähnen auf meinen juckenden Schwanz los.

»Das hat sie gestern auch schon gemacht«, sagte Tenzin. Die beiden beobachteten mich eine Weile, warfen sich dann einen vielsagenden Blick zu und stellten gleichzeitig die Diagnose: »Flöhe!«

Tenzin ließ ein Flohhalsband bringen, das er offenbar an meinem Hals befestigen wollte. Dieses Halsband, so versicherte er mir, würde nicht nur meinen Qualen ein Ende setzen, sondern eine Zeit lang auch die Flöhe fernhalten.

Flöhe? Ich? Das musste ich erst einmal verdauen. War die Katze des Dalai Lama nicht immun gegen solche ordinären und wenig standesgemäßen Beschwerden? Noch dazu hatte ich mir dieses Ungeziefer von einem streunenden Hund geholt. Konnte ich noch tiefer sinken?

Zunächst sträubte ich mich gegen Tenzins Bemühungen. Schließlich wollte ich der Öffentlichkeit keinen so deutlichen Hinweis auf mein peinliches Leiden geben. Mit festem Griff und beruhigenden Worten legte er mir jedoch das Halsband um und stellte mich danach im Erste-Hilfe-Zimmer unter Quarantäne. Der Dalai Lama war außer Haus, um eine wichtige Mönchsprüfung zu beaufsichtigen, und so nutzte Tenzin die Gelegenheit für einen gründlichen Frühjahrsputz des Büros Seiner Heiligkeit und aller anderen Räumlichkeiten, in denen ich mich aufgehalten hatte.

Auch der Fußabtreter wurde einer genaueren Inspektion unterzogen. Er war dermaßen flohverseucht, dass er entsorgt und durch eine schöne neue Kokosfasermatte mit kurzen Borsten und einem roten Rand ersetzt wurde. Das Sicherheitspersonal erhielt die Anweisung, die Augen nach dem streunenden Hund offen zu halten. Sobald er sich wieder zeigte, würde man ihn im Kloster aufnehmen, bis ein geeignetes Heim für ihn gefunden war.

Es sah ganz so aus, als hätte sich die Angelegenheit damit erledigt.

Dummerweise ist im Leben aber alles etwas komplizierter. Obwohl ich zum Glück schnell von den Flöhen befreit war, hatten sie mich doch so traumatisiert, dass ich sie zu jeder beliebigen Tages- und Nachtzeit plötzlich und ohne erkennbaren Grund auf mir zu spüren glaubte. Ich saß beispielsweise in stiller Kontemplation auf der Fensterbank und wurde aus heiterem Himmel von einer Juckattacke heimgesucht. Oder ich bereitete mich auf eine Meditationssitzung vor, und plötzlich beherrschte das Ungeziefer meine Gedanken. Dann kratzte und biss ich mir wie wild im Fell herum, weil ein halbes Dutzend imaginärer Schädlinge sein Unwesen darin trieb. Selbst wenn es mir gelang, eine körperliche Reaktion zu unterdrücken, stellte dieses Phänomen doch eine unwillkommene Ablenkung dar. In gelegentlichen Augenblicken der Ruhe versuchte ich mir einzureden, dass ich das Trauma überwunden hätte, doch schon kurz darauf belehrte mich ein neuerlicher Anfall eines Besseren. Ich mochte zwar nicht mehr von Flöhen befallen sein, litt aber immer noch unter ihnen.

Zur selben Zeit geschah etwas, was unsere kleine Gemeinschaft in ihren Grundfesten erschütterte. Und obwohl ich Augenzeugin des Vorfalls war, hätte ich mir die Auswirkungen, die er auf mein Leben haben sollte, nie vorstellen können. Außerdem erfuhr ich, dass nicht nur Katzen unter Flöhen leiden.

Es geschah während eines der Festessen, die der Dalai Lama regelmäßig für prominente Gäste ausrichtet. Eine Delegation hochrangiger Würdenträger aus dem Vatikan war zum Mittagessen gekommen. Mrs. Trinci – die Köchin des Dalai Lama für besondere Gelegenheiten – arbeitete unten in der Küche. Sie gab sich allergrößte Mühe, jeden Gast Seiner Heiligkeit vollständig zufriedenzustellen. Seit drei Tagen schon war sie eifrig am Werk und kümmerte sich persönlich um jedes noch so kleine Detail. Für sie als Italienerin war es Ehrensache, sich bei einem Besuch von Landsleuten in gastronomische Höhen aufzuschwingen, die denen der besten Restaurants Roms in nichts nachstanden.

Nachdem die Pastateller abgeräumt waren, folgte ein unterhaltsamer Austausch zwischen Seiner Heiligkeit und den Gästen – wobei er nicht nur mit Worten kommunizierte, sondern auch durch seine pure Präsenz. Obwohl ich den erstaunlichen Effekt, den der Dalai Lama auf seine Mitmenschen hat, jeden Tag aufs Neue beobachten kann, wird mir dabei nie langweilig. Heute nun kamen also die Besucher aus dem Vatikan in den Genuss dieser tiefen Glückseligkeit. Unterdessen wartete ich mit wachsender Ungeduld auf mein eigenes Mittagessen.

Wenn man mich fragen würde, wen ich von allen Menschen im Namgyal-Kloster – mit Ausnahme Seiner Heiligkeit natürlich – am liebsten habe, gäbe es wohl nur eine Antwort: Mrs. Trinci. Sie ist lebhaft, überschwänglich und die unbestrittene Chefin der Küche. Als sie mich zum ersten Mal erblickte, nannte sie mich die schönste Kreatur auf Erden. Ich muss nur in die Küche spazieren, und schon nimmt sie mich in den Arm, stellt mich vorsichtig wie eine zerbrechliche Mingvase auf die Arbeitsfläche und serviert mir auf einem Unterteller saftige Leckerbissen. Und wenn ich die gehackte Hühnerleber dann mit hörbarem Vergnügen verzehre, himmelt sie mich mit ihren bernsteinfarbenen, von stark getuschten Wimpern umrandeten Augen an und flüstert mir süße Komplimente ins Ohr.

Selbst wenn ich nicht persönlich zugegen war, dachte sie noch an mich. Egal, für wen Mrs. Trinci ihre aufwendigen Menüs zubereitete, für Gäste aus dem Weißen Haus, aus der Prager Burg oder dem Palácio da Alvorada, sie vergaß nie, eine Schüssel mit laktosefreier Milch oder – zu ganz besonderen Gelegenheiten – einen Löffel Schlagsahne für meine Wenigkeit auf den Dessertwagen zu stellen.

An diesem Tag wurde – wie üblich vom Beifall der Gäste begleitet – eine Auswahl von Panna cotta, Tiramisù und verschiedenen Torten serviert. Nach dem Dessert zogen sich die Kellner, die die Gesellschaft bedient hatten, nach und nach zurück, bis nur noch Dawa, der Oberkellner, anwesend war. Ich sah zum Dessertwagen hinüber – und vermisste mein kleines weißes Souffléförmchen.

Ja, war denn das die Möglichkeit? Sollte mich Mrs. Trinci etwa vergessen haben?

Ich war nicht die Einzige, der etwas auffiel. Wie ich so dasaß – schockiert angesichts des Fehlens der üblichen Leckerbissen –, unterbrach Seine Heiligkeit eine angeregte Diskussion über den heiligen Franziskus von Assisi und sah erst Dawa, dann mich und schließlich den Dessertwagen an. Er musste nicht einmal etwas sagen –

Sekunden später öffnete Dawa die Tür, um flüsternd entsprechende Anweisungen zu erteilen.

Meine Aufmerksamkeit hatte sich unterdessen dem entfernten Heulen einer Sirene zugewandt. Ein Krankenwagen schien direkt in unsere Richtung zu kommen. Ich spitzte die Ohren. Kein Zweifel: Die Ambulanz preschte tatsächlich den Hügel herauf. Sobald das weiße Gefährt mit blinkenden Lichtern das Eingangstor zum Namgyal passiert hatte, sprang ich auf.

Genau wie Tenzin. Die Sirene machte sowieso jedes Gespräch unmöglich. Er entschuldigte sich und ging zum Fenster. Neugierig blickten wir eine Weile hinaus. Der Krankenwagen fuhr langsam durch den Innenhof. Mönche und Touristen machten den Weg frei und schauten der heulenden Erscheinung ungläubig nach. Das Fahrzeug kam näher, die Sirene wurde unerträglich laut und verstummte dann plötzlich, als der Krankenwagen um die Ecke bog und außer Sicht geriet.

Unbehagliches Schweigen folgte. Die Gäste am Tisch hoben besorgt die Augenbrauen. Einige Angehörige der Delegation aus dem Vatikan bekreuzigten sich. Tenzin kehrte auf seinen Platz zurück, und die Gespräche wurden wieder aufgenommen.

Auch im Innenhof wimmelte es schon bald erneut von Mönchen in roten Roben und Touristenführern, die ihre Regenschirme schwangen. Kurzzeitig vergaß ich sogar, wie schnöde ich beim Mittagessen übergangen worden war – bis mir endlich Dawa mit einer eleganten Verbeugung meine Mahlzeit servierte.

Kurze Zeit später verabschiedete sich der Besuch aus dem Vatikan von Seiner Heiligkeit. Die Delegierten versprachen, über Skype in Kontakt zu bleiben, und verließen mit flatternden Soutanen das Gebäude. Der Dalai Lama blieb allein zurück, stand eine Weile mit vor dem Herzen zusammengelegten Händen da und murmelte leise Mantras. Das hatte ich ihn schon öfter tun sehen, diesmal aber wusste ich intuitiv, dass etwas Schlimmes geschehen sein musste.

Nur wenige Sekunden später kam Tenzin über den Flur geeilt.

»Eure Heiligkeit, ich bedaure, Euch mitteilen zu müssen, dass Mrs. Trinci einen Herzanfall erlitten hat, wahrscheinlich einen Infarkt.«

Ich sah auf. Hatte ich das richtig verstanden?

Das Mitgefühl Seiner Heiligkeit war nicht nur auf seinem Gesicht zu erkennen, sondern erfüllte den ganzen Raum; es schien so mächtig, dass kein Lebewesen im Umkreis des Namgyal davon unberührt blieb.

»Die Sanitäter waren sofort zur Stelle«, fuhr Tenzin fort. »Sie wird gerade ins Krankenhaus gebracht. Ich halte Euch selbstverständlich über die weitere Entwicklung auf dem Laufenden.«

Der Dalai Lama nickte. »Vielen Dank«, sagte er. »Möge sie sich schnell und vollständig erholen.«

Tenzin legte ebenfalls die Hände vors Herz, bevor er sich entfernte.

Es folgten trübsinnige Tage. Die Nachricht von Mrs. Trincis Herzanfall machte weit über den Namgyal hinaus die Runde. Obwohl sie nicht jeden Tag im Palast zugegen war, stellte sie doch eine der schillerndsten Persönlichkeiten der Belegschaft dar. Für ihr aufbrausendes Temperament war sie ebenso bekannt wie für ihr goldenes Herz. Und es gab wenige im Namgyal, die noch nicht in den Genuss ihrer herausragenden Kochkunst gekommen waren – sei es auch nur in Form eines der leckeren Kekse, die sie regelmäßig für die Mönche backte.

Die ersten offiziellen Mitteilungen aus dem Krankenhaus bestätigten die Befürchtung, dass es sich um einen Herzinfarkt gehandelt hatte. Weitere Untersuchungen schlossen sich an. Dann warteten wir lange auf Nachricht über den Verlauf der Behandlung. Ein paar Tage später rief Mrs. Trincis Tochter Serena an, um Seine Heiligkeit über den Zustand ihrer Mutter in Kenntnis zu setzen. Der Dalai Lama rezitierte gerade Mantras, daher stellte er das Telefon auf Lautsprecher, damit er sich die Perlen seiner *Mala* auch weiterhin durch die Finger gleiten lassen konnte.

Serena hatte ihre Kindheit in McLeod Ganj verbracht. Sobald sie alt genug war, um eine Karotte zu schälen, hatte sie als Souschefin in der Palastküche gearbeitet. Ihre Mutter war bereits in jungen Jahren zur Witwe geworden, sodass Seine Heiligkeit so etwas wie eine Vaterrolle für Serena eingenommen und sich stets liebevoll um sie gekümmert hatte. Sie war mit seinem Zuspruch und seinem Rückhalt aufgewachsen.

Selbst als Serena im Erwachsenenalter nach Europa ging, um sich in verschiedenen berühmten Restaurants ausbilden zu lassen, blieb diese besondere Bindung zum Dalai Lama bestehen. Und auch zu mir. Serena und ich waren seit unserer ersten Begegnung dicke Freunde. Ihre Mutter sei aus dem Krankenhaus entlassen worden, berichtete sie jetzt. Der Herzinfarkt hatte keine bleibenden Schäden hinterlassen. Eine Operation war nicht notwendig, und Schmerzen hatte sie auch keine. Allerdings litt Mrs. Trinci unter Bluthochdruck und würde von jetzt an Medikamente nehmen müssen. Zusätzlich hatte der Arzt ihr zur Stressbewältigung eine altbewährte Methode empfohlen: die Meditation.

Sofort bot Seine Heiligkeit an, sie zu unterrichten. Ein Angebot, das Serena sehr glücklich machte. »Privatstunden beim Dalai Lama!«, rief sie entzückt.

»Du bist natürlich ebenfalls herzlich eingeladen«, fügte Seine Heiligkeit hinzu. »Wenn wir unter Stress leiden und die Gemütsruhe fehlt, ist die Meditation umso wichtiger. Das gilt für uns alle.«

Ich saß auf einem Sessel in der Nähe und folgte der Unterhaltung aufmerksam.

»Schmerz ist unvermeidlich«, fuhr der Dalai Lama fort, »doch das Leid nicht. Wir alle müssen seelische Wunden hinnehmen und Herausforderungen überwinden. Doch es kommt darauf an, wie wir damit umgehen. Bleiben wir den Wunden und ihren Ursachen verhaftet? Oder gelingt es uns, sie loszulassen und unserem Leiden so ein Ende zu bereiten?«

Allmählich bekam das Gespräch für mich auch eine persönliche Bedeutung.

»Und hier kommt die Achtsamkeit ins Spiel.«

Ich drehte mich zu Seiner Heiligkeit um und stellte fest, dass er mich direkt ansah.

∞

Eigentlich hatte ich Mrs. Trinci und Serena schon in den nächsten Tagen in den Räumlichkeiten Seiner Heiligkeit erwartet. Doch es verging erst eine und dann noch eine Woche, ohne dass sie sich blicken ließen. Offenbar waren sie aus irgendeinem Grund verhindert. Serena hätte einen solchen Termin nie vergessen. Und welchen Grund sollte Mrs. Trinci haben, diese einmalige Gelegenheit auszuschlagen? Meine eigene posttraumatische Flohstörung war zwar nicht ansatzweise so gefährlich wie ein Herzinfarkt, aber dennoch ein Quell ständiger geistiger Unruhe. Daher konnte ich es kaum erwarten, dass mir der Dalai Lama diesen besorgniserregenden Umstand erklärte.

Wie sich herausstellte, dauerte es über einen Monat, bis Mrs. Trinci und Serena eines späten Nachmittags den Namgyal betraten. Kurze Zeit später wurden sie in das Gemach Seiner Heiligkeit geführt. Gewöhnliche Besucher pflegten respektvoll Platz zu nehmen. Doch diese beiden waren keine gewöhnlichen Besucher – sie gehörten zur Familie. Sobald mich Mrs. Trinci auf der Fensterbank erblickte, kam sie auf mich zugeeilt.

»Ach *dolce mio,* meine Kleine!«, rief sie aus.

Ich stand auf, streckte mit einem wohligen Schauder die Vorderpfoten, wölbte genießerisch den Rücken und ließ mir den Hals kraulen.

»Oh, was ist denn das?«

»Ein Flohhalsband«, sagte Seine Heiligkeit.

»*Mamma mia,* mein armer kleiner Schatz!« Sie beugte sich vor und rieb ihr Gesicht an meinem Mäulchen. »Was hast du nur durchmachen müssen. Und wie sehr habe ich dich vermisst!«

»Sie hat Sie auch vermisst.« Seine Heiligkeit stand neben seinem Stuhl und beobachtete alles mit einem Lächeln. »Und besonders die Leckerbissen aus der Küche«, fügte er kichernd hinzu.

»Keine Sorge, davon bekommt sie im Café mehr als genug«, meinte Screna belustigt. Sie war eine der Inhaberinnen meines Stammlokals, des Himalaja-Buchcafés, das nur zehn Minuten von hier entfernt war.

Sobald die drei es sich bequem gemacht hatten, schlich ich mich in ihre Nähe, damit mir kein Wort entging.

»Nun, meine Liebe«, sagte Seine Heiligkeit und nahm Mrs. Trincis Hand, wie er es mit jedem Besucher tat. Dann sah er ihr tief in die Augen. »Wie geht es Ihnen?«

Seine Präsenz und das Mitgefühl, das er verströmte, waren zu viel für Mrs. Trinci. Überwältigt brach sie in Tränen aus und suchte in ihrer Handtasche nach einem Taschentuch. Unter heftigem Schluchzen erklärte sie, welch großer Schock der Herzinfarkt gewesen war, wie verzweifelt sie sich gewünscht hatte, dass alles wieder wie früher würde. Doch diesen Wunsch hatte ihr der Arzt nicht erfüllen können. Wenn sie ihren Bluthochdruck unter Kontrolle bekommen und weiteren Herzproblemen vorbeugen wollte, würde sie zu einer neuen Normalität finden und sich auf einige Veränderungen einstellen müssen.

Von meinem Platz auf dem Teppich aus betrachtete ich Mrs. Trinci aufmerksam. Sie wirkte verändert, weniger energiegeladen und vital als sonst. Vielleicht lag es daran, dass sie sich die Wimpern nicht getuscht und auch auf die bei jeder Bewegung charakteristisch klimpernden Armreifen verzichtet hatte. Anscheinend war ihr die für sie typische unerschütterliche Selbstsicherheit abhandengekommen. Zum ersten Mal überhaupt erlebte ich Mrs. Trinci als verletzlich. Ich ging zu ihrem Stuhl hinüber, sprang hoch, setzte mich neben sie und schnurrte beruhigend.

»Der Arzt hat mir empfohlen zu meditieren. Und ich wäre Euch überaus dankbar, wenn Ihr mir zeigen könntet, wie das funktioniert«, sagte sie und streichelte mich.

»Ja, darüber habe ich bereits mit Serena gesprochen«, antwortete Seine Heiligkeit. »Wann war das noch mal?«

Mrs. Trinci wandte sich Serena zu. »Vor zehn Tagen?«

»Vor einem Monat.«

»Ein Monat«, bekräftigte der Dalai Lama nachdenklich.

Mehr musste er gar nicht sagen. Im einsetzenden Zwielicht schrie die unausgesprochene Frage förmlich danach, beantwortet zu werden, sodass sich Mrs. Trinci schließlich nicht mehr davor drücken konnte. »Ich … ich bin nicht früher gekommen, weil …« Sie schüttelte traurig den Kopf, »… weil ich nicht weiß, ob ich überhaupt meditieren kann.«

Befürchtete sie etwa, von Seiner Heiligkeit zurechtgewiesen zu werden? Es war schwer zu sagen, ob es ihr peinlich war oder ob die Verzweiflung aus ihr sprach. Der Dalai Lama allerdings grinste amüsiert, als hätte sie einen Witz gemacht. Und damit war alle Anspannung im Raum wie weggeblasen. Sowohl Mrs. Trinci als auch Serena ließen sich von der Fröhlichkeit des Dalai Lama anstecken, und schließlich lachten alle drei über Mrs. Trincis Antwort.

»Aber verraten Sie mir doch«, sagte Seine Heiligkeit immer noch amüsiert, »wie Sie auf die Idee kommen, Sie könnten nicht meditieren?«

»Weil ich es versucht habe!« Mrs. Trinci erhob die Stimme. »Mehrmals.«

»Und?«

Sie erwiderte seinen Blick. »Mein Geist ist völlig außer Kontrolle.«

»Sehr gut!« Er legte die Hände aufeinander und kicherte über ihre Bemerkung. »Haben Sie das früher schon einmal bemerkt?«

Die Antwort kam wie aus der Pistole geschossen. »Nein. Eigentlich nicht. Aber ich habe mich auch noch nie so konzentriert.«

»Nun, dann haben Sie die erste und wichtigste Entdeckung ja bereits gemacht«, sagte der Dalai Lama. »Und sobald wir uns ein Problem eingestanden haben, können wir beginnen, an seiner Lösung zu arbeiten. Die Erfahrung hat Sie gelehrt, wie unkontrollierbar der Geist ist. Wissen Sie, meine Liebe«, erklärte er und musterte Mrs. Trinci aufmerksam, »dass wir unter Stress leiden, ist nicht allein den äußeren Umständen geschuldet. Obwohl wir für gewöhnlich nur unsere Umwelt dafür verantwortlich machen: Wenn wir nur dieses Problem nicht hätten oder uns nicht in jener Situation befänden, hätten wir auch keinen Stress. Glauben wir zumindest. Und doch gibt es Menschen, die vor weitaus größeren Schwierigkeiten stehen und trotzdem ein gutes Leben führen. Der Stress kommt nicht von ›außen‹. Er kommt aus unserem Geist.«

Der Dalai Lama beugte sich vor und richtete das Wort an alle Anwesenden – nicht nur an Mrs. Trinci. »Wenn wir meditieren, beobachten wir unseren Geist. Und je genauer wir ihn beobachten, desto besser können wir ihn kontrollieren.«

»Aber gibt es überhaupt Hoffnung für mich?«, fragte Mrs. Trinci. »Wo mein Geist doch so durcheinander ist?«

Seine Heiligkeit sah sie mit ernster Miene an. »Der Anfänger denkt beim Meditieren an alles Mögliche, nur nicht an das Meditationsobjekt, das er gewählt hat. Das geht jedem so, ist völlig normal.«

Noch nie hatte ich den Dalai Lama einem Neuling gegenüber so deutliche Worte äußern hören. Meine Erleichterung war grenzenlos. Ich war nicht die Einzige! Offenbar hatten Mrs. Trinci und ich etwas Wichtiges gemeinsam – abgesehen von unserer Leidenschaft für die

Haute Cuisine natürlich: Wir hatten beide Flöhe. Sobald wir uns in die meditative Entspannung begeben wollten, suchten sie uns heim und sorgten für Aufregung und Unruhe. Die Kontemplation wurde jäh unterbrochen, ungebetene Gedanken störten die Konzentration und machten unserem Seelenfrieden den Garaus. Anscheinend litten nicht nur Katzen unter diesem Problem. In puncto Meditation schienen auch die Menschen von Flöhen geplagt zu werden.

»Wir alle müssen irgendwo anfangen«, sagte der Dalai Lama. »Wo, spielt keine Rolle. Das Einzige, was zählt, ist, wo wir ankommen.«

Es folgte eine kurze Pause, in der wir seine Worte sacken ließen. »Also werdet Ihr mir beibringen, wie man meditiert?«, fragte Mrs. Trinci schließlich kleinlaut. »Obwohl mein Geist so schwach ist?«

»Aber natürlich!« Seine Heiligkeit strahlte übers ganze Gesicht. »Deshalb sind wir ja hier.«

Damit meinte der Dalai Lama nicht nur die Tatsache, dass wir gerade in einem Raum versammelt waren; er bezog sich auch auf einen höheren Daseinszweck, eine weitreichendere Bedeutung.

»Sie waren immer sehr großzügig und haben unseren Gästen wunderbare Mahlzeiten zubereitet«, sagte der Dalai Lama, legte die Hände vors Herz und verbeugte sich vor Mrs. Trinci. »Vielleicht kann ich mich nun zumindest ein wenig für diese Güte revanchieren.« Plötzlich wurde er ernst. »Aber sagen Sie nie wieder, Ihr Geist sei schwach, denn das ist ein Trugschluss. Schon möglich, dass Sie aufgewühlt sind und sich leicht ablenken lassen. Aber das legt sich. Gedanken kommen, bleiben eine Weile und gehen wieder. Sie sind nicht ewig. Wie die Wolken, die den ganzen Himmel ausfüllen und verdüstern können, ziehen auch sie vorbei. Und in dem kurzen Moment, in dem der eine Gedanke geht und sich der nächste schon ankündigt, können Sie einen kurzen Blick auf Ihren Geist erhaschen. Seine wahre Natur erkennen. Ihr Geist, mein Geist, jeder Geist zeichnet sich durch dieselben Eigenschaften aus: perfekte Klarheit, Grenzenlosigkeit, Heiterkeit …«

Mrs. Trinci stiegen Tränen in die Augen. Denn wie stets kommunizierte Seine Heiligkeit nicht allein mit Worten, sondern bekräftigte deren Bedeutung zugleich auf wunderbare Weise nonverbal. Mrs. Trinci sah zu ihrer Tochter hinüber. Auch Serenas Augen waren feucht geworden.

»Je länger Sie sich mit Ihrem Geist beschäftigen«, fuhr der Dalai Lama fort, »desto stärker wird die Erkenntnis, dass Ihre wahre Natur in reiner, großer Liebe und reinem, großem Mitgefühl besteht. Alles nimmt seinen Anfang in diesem Augenblick, im Hier und Jetzt.«

Wieder saßen wir schweigend da. Eine abendliche Brise fuhr durch das geöffnete Fenster und brachte frische, nach Kiefern duftende Bergluft mit sich. Es roch nach einem Neuanfang.

»Ich möchte Ihnen eine Hausaufgabe mitgeben«, sagte der Dalai Lama. »In den folgenden sechs Wochen werden Sie jeden Tag zehn Minuten meditieren. Danach schauen wir, ob Ihnen das Meditieren hilft. Wenn dies der Fall ist« – er nickte –, »wenn also eine Veränderung eintritt, dann machen wir weiter.« Er zuckte mit den Schultern. »Andernfalls können wir wenigstens sagen, dass Sie es ehrlich versucht haben. Einverstanden?«

»Nur zehn Minuten?« Serena hob die Augenbrauen.

»Für den Anfang ja. Sie werden überrascht sein, was schon eine so kurze Phase der achtsamen Konzentration alles bewirken kann.«

Mit einer bestätigenden Kopfbewegung nahm Serena die von Seiner Heiligkeit gestellte Aufgabe an. Sie sah zu ihrer Mutter hinüber, die nach kurzem Zögern ebenfalls nickte.

Dann spürte ich, dass sich die Blicke aller Anwesenden auf mich richteten.

Ich reagierte darauf, indem ich den Kopf hob und miaute.

Die drei lachten.

»Na, sie weiß wohl auch, wovon die Rede ist?«, fragte Serena schmunzelnd, während Mrs. Trinci mich kraulte.

»Zweifellos«, bestätigte Seine Heiligkeit. »Der Zauber des Augenblicks führt zu Wohlbefinden und zur Entdeckung der wahren Natur seiner selbst.«

An diesem Abend meditierte der Dalai Lama im Tempel. Bei seiner Rückkehr war der Mond bereits aufgegangen und tauchte den Innenhof in ein ätherisch silbriges Licht.

Die Kraft des Mondscheins, selbst eine ganz alltägliche Szenerie zu verzaubern, hat mich schon immer fasziniert. Das Tageslicht gehört den Hunden. Wir Katzen dagegen sind Geschöpfe der Nacht, das Yin zum hündischen Yang, Bewohner einer rätselhaften und erstaunlichen Welt. Ich für meinen Teil jedenfalls genoss nichts mehr, als in nächtliche Träumerei versunken im Schatten des gewaltigen Himalajas zu sitzen und seine eisbedeckten Gipfel im Sternenlicht funkeln zu sehen.

In dieser Nacht jedoch trug die Brise einen seltsam verführerischen Duft mit sich, einen Duft, den ich noch nie zuvor in der Nase hatte und der mich unwiderstehlich in seinen Bann schlug. Ich schnupperte. Es handelte sich zweifellos um den Geruch einer Blume oder Pflanze, doch woher kam er? Und weshalb hatte ich ihn früher noch nie wahrgenommen? Ich hielt den Kopf in den sanften Wind. Diesem Geheimnis galt es auf den Grund zu gehen.

Doch nicht sofort. Denn in dem Moment betrat Seine Heiligkeit den Raum. Auch er spürte wohl die Magie dieses Augenblicks, denn statt das Licht einzuschalten, kam er zu mir herüber und setzte sich. Durch das offen stehende Fenster betrachteten wir gemeinsam den hellerleuchteten Tempel.

Aus dem Innenhof drangen Gesprächsfetzen zu uns herauf. Die Mönche begaben sich aus dem Tempel in den Wohnbereich, wo kurz darauf viele kleine orange Lichtpunkte zu sehen waren. Eine kühle Brise trug den Duft des Nachtjasmins mit sich – und jenen bezaubernden, unbekannten Geruch. Die Lichter im Tempel wurden nach und nach gelöscht. Erst verschwand das Dach mit seinen Glück verheißenden Symbolen in der Dunkelheit. Dann tauchte das Mondlicht die Treppe zum Eingang und das mit komplizierten bunten Mustern bemalte Portal in düsteres Grau.

Einen Augenblick lang leuchtete nur eine einsame goldene Lotosblume an der Tempelfassade – das buddhistische Symbol für Transzendenz, Entsagung und Hoffnung –, als würde sie auf der unsichtbaren Oberfläche eines Ozeans aus Schatten dahintreiben.

»Ein überaus passendes Bild, meine kleine Schneelöwin«, murmelte der Dalai Lama. »Lotospflanzen gedeihen auf feuchtem, nährstoffarmem Boden. Sie schlagen ihre Wurzeln in Schlamm oder gar in einen schmutzigen Sumpf. Doch sie wachsen darüber hinaus, und ihre Blüten sind wunderschön. Wenn wir ein Problem haben, gelingt es uns auch manchmal, diese Herausforderung zu nutzen und etwas zu erschaffen, an das wir vorher nicht einmal gedacht hätten. Ja, aus unserem Leid können wir ganz außergewöhnliche Dinge erwachsen lassen.«

Wie so vieles, was Seine Heiligkeit sagte, waren auch diese Worte auf mannigfaltige Weise zu verstehen. Sie stellten nicht bloß eine allgemeingültige Betrachtung dar, sondern enthielten auch sehr persönliche Botschaften. Er sprach nicht nur von meinen Problemen, sondern auch von den Herausforderungen, denen sich Mrs. Trinci gegenübersah. Noch wichtiger aber war der Hinweis, dass unser Leben aufgrund der Überwindung solcher

Hindernisse eine ganz neue Richtung einschlagen kann. Statt meine Flohplage allein als lästige Qual zu begreifen, reifte in mir die Erkenntnis, sie künftig sozusagen als Dünger für mein persönliches Wachstum zu nutzen.

Zweites Kapitel

Nach einem köstlichen Essen gehen durch den daraus resultierenden exorbitanten Anstieg des Blutzuckerspiegels mit Katzen gewisse Veränderungen vor. Sie fühlen sich dann so gut, dass sie ihre sonst eher gemütliche Natur aufgeben und sich in wild gewordene, durch die Flure polternde Ungeheuer verwandeln, die von einem Möbelstück zum anderen springen oder hinter halb geschlossenen Türen lauern und die Schnürsenkel nichts ahnender Zeitgenossen attackieren. Es ist wie ein kurzzeitiger Anfall von Besessenheit.

Zumindest lautet so, liebe Leser, meine Entschuldigung – und die einzige Erklärung, die mir für mein völlig ungeplantes TV-Debüt einfällt.

Immerhin muss man mir zugutehalten, dass ich nichts von dem Besuch wusste, den der Dalai Lama an diesem schicksalhaften Nachmittag empfing. Geschweige denn davon, dass eine der berühmtesten Medienvertreterinnen Amerikas Seine Heiligkeit fürs Fernsehen interviewte.

Wie dem auch sei, nur wenige Minuten nachdem ich meine gehackte Hühnerleber verzehrt hatte, wurde ich plötzlich von einem urwüchsigen Energieschub übermannt. Ich befand mich gerade in den Gemächern, die ich mir mit dem Dalai Lama teilte, als mich das unwiderstehliche Bedürfnis überkam, etwas völlig Verrücktes anzustellen. Amok zu laufen wie die tollwütige Dschungelkatze, für die ich mich in diesem Augenblick hielt.

Ich platzte in den Raum, in dem Seine Heiligkeit Besuch zu empfangen pflegt, flitzte über den Teppich, schlug meine Krallen in das Sofa gegenüber seinem Sessel und erklomm es wie ein wildes Tier eine steile Klippe. Dann schwang ich mich mit einem letzten wagemutigen Satz von einer Armlehne zur anderen.

Erst in dem Moment bemerkte ich, dass eine schöne blonde Frau auf dem Sofa saß. Sie war gerade mitten im Satz, sodass mein Anflug sie völlig unvorbereitet traf.

Kennt ihr das, liebe Leser: wenn etwas Unvorhersehbares geschieht und sich die Zeit auszudehnen scheint? Nun, genauso war das. Während ich am Gesicht der Frau vorbeisegelte, wechselte ihre Miene von respektvollem Interesse zu einem Ausdruck völliger Verblüffung.

Sie drückte sich tief ins Sofa, um mir auszuweichen. Deutlich zeichnete sich der Schock auf ihrem Gesicht ab.

Ich selbst aber war genauso verdattert, liebe Leser. Mit einem Gast auf dem Sofa hatte ich nicht gerechnet und schon gar nicht mit so einer Berühmtheit. Auf dem Weg zum anderen Ende des Sofas bemerkte ich nun auch die Scheinwerfer. Und die Kameras. Und das Kamerateam.

das das ganze Schauspiel aus einiger Entfernung beobachtete. Bei meiner Landung war die dämonische Energie, die mich zu diesem Sprung angetrieben hatte, verpufft.

Nichts erinnerte mehr an die besessene Schneelöwin von eben.

Die Frau sah mich an. Ich sah sie an. Wir mussten uns beide erst von diesem Schreck erholen. Jetzt fiel mir auch wieder ein, dass ich in den vergangenen Wochen im Assistentenbüro ein Gespräch belauscht hatte, in dem von ihrer bevorstehenden Ankunft die Rede war. Als Katze mit einiger Erfahrung auf diplomatischem Parkett werde ich den Namen der Besucherin natürlich nicht ausplaudern. Sagen wir also nur, dass die betreffende Dame Amerikanerin griechischer Abstammung ist und eine der am schnellsten expandierenden Online-Zeitungen der Welt gegründet hat. Außerdem ist sie Autorin. In einem ihrer jüngsten Bücher geht es um die »Neuerfindung des Erfolgs«. So, mehr gebe ich nun aber wirklich nicht preis.

Während wir uns noch gegenseitig anstarrten, ertönte von der anderen Seite des Beistelltisches ein leises Kichern.

»Das macht sie manchmal«, sagte Seine Heiligkeit. »Besonders, wenn ich zu viel Zeit am Schreibtisch verbringe.«

»*Das* ist die KSH?«, fragte die Besucherin mit klangvoller, fröhlicher Stimme. Sie hatte sich offenbar ebenso schnell von dem Schreck erholt wie ich.

Seine Heiligkeit nickte.

»Soso«, sagte sie und sah zu mir herüber. Ich blickte sie aus meinen blauen Augen so unschuldig an, als könnte ich kein Wässerchen trüben. »Dann habe ich also gleich zwei Berühmtheiten in meiner Sendung.«

»Mögen Sie Katzen?«, fragte der Dalai Lama und deutete auf mich.

»Aber ja!« Aufrichtige Wärme war aus der Stimme mit dem leichten Akzent zu hören. »Ich glaube, dass wir eine Menge von Tieren lernen können. Wie Ihr schon gesagt habt: Sie erinnern uns daran, das Grübeln einzustellen und in der Gegenwart zu leben.«

Seine Heiligkeit nickte beipflichtend. »Ja, ja. Sie holen uns ins Hier und Jetzt zurück. Und verhindern, dass wir zu viel nachdenken.«

»Was uns zur Achtsamkeit zurückbringt«, leitete sie elegant zum offenbar eigentlichen Thema des Interviews über. »Darüber wird in letzter Zeit ja ziemlich viel gesprochen. Ist Achtsamkeit dasselbe wie Meditation, oder bestehen auch Unterschiede?«

Der Dalai Lama nickte. »Eine sehr gute Frage«, sagte er. »Da herrscht ein großes Durcheinander. Wissen Sie, wer achtsam ist, lebt in der Gegenwart, im Hier und Jetzt, und zwar ganz bewusst und ohne zu urteilen. Wir achten auf das, was wir mit den Sinnen aufnehmen. Was wir hören« – er deutete auf seine Ohren –, »was wir schmecken. Und so weiter.«

Seine Heiligkeit verstummte, und ein Funkeln erschien in seinen Augen. »Dazu gibt es die berühmte Geschichte über einen Novizen, der seinen erleuchteten

Meister nach dem Geheimnis des Glücks fragte. ›Ich esse und ich gehe und ich schlafe‹, antwortete der Meister.« Seine Heiligkeit kicherte. »Das verwirrte den Novizen. ›Aber ich esse und gehe und schlafe doch auch‹, sagte er. Der Meister musste es ihm deutlicher erklären: ›Ja, und wenn ich esse, dann esse ich. Wenn ich gehe, dann gehe ich. Wenn ich schlafe, schlafe ich.‹ Achtsamkeit bedeutet, sich auf den Moment zu fokussieren und sich nicht in seinen Gedanken zu verheddern.«

Sie nickte mit strahlendem Lächeln. »In einer Studie, die ich kürzlich gelesen habe, war von einem direkten Zusammenhang zwischen Glück und der Aufmerksamkeit die Rede, die wir unseren Handlungen widmen. Demnach müssten wir vom Planungsmodus in den direkten Modus umschalten.«

»Ganz genau!« Der Dalai Lama beugte sich langsam vor. »Beim Meditieren fokussieren wir uns eine Zeit lang auf ein bestimmtes Objekt. Zum Beispiel auf den Atem. Oder auf ein Mantra. Zehn Minuten lang, eine Stunde«, er zuckte leicht mit den Schultern, »so lange es eben sinnvoll ist. Wenn wir uns auf diese Weise konzentrieren, fördern wir damit auch die allgemeine Achtsamkeit.«

»Also können wir Eurer Meinung nach durch Meditation achtsamer werden – genau wie wir durch ein Sportprogramm körperlich fitter werden?«

Seine Heiligkeit nickte. »Ja. Sehr gut. Je achtsamer wir sind, desto mehr Frieden und Glück finden wir. Und Freiheit.«

Der Dalai Lama erklärte, dass sich selbst sehr beschäftigte Menschen mehr Raum und Zufriedenheit verschaffen können, indem sie einfach nur achtsam eine Tasse Tee trinken oder achtsam duschen, statt sich in ständiger geistiger Unruhe zu verlieren. Sogar scheinbar unangenehme Dinge wie der Fußweg von der Bahnstation nach Hause oder Kleiderbügeln könnten eine Gelegenheit zur Achtsamkeitspraxis darstellen.

Diesen Ratschlag setzte ich unverzüglich in die Tat um, indem ich die linke Vorderpfote achtsam befeuchtete und anschließend meine Ohren einer gründlichen Säuberung unterzog. Nachdem die Körperpflege abgeschlossen war, stolzierte ich auf unsere Besucherin zu, hob die rechte Pfote und tippte damit sanft ihren Oberschenkel an. So finden wir heraus, ob ein uns unbekannter Mensch bereit ist, den höchsten Katzensegen zu empfangen – der darin besteht, dass wir auf seinem Schoß Platz nehmen.

Als souveräne und elegante Dame von Welt würde sie mich nicht einfach wegschubsen. Eine winzige abwehrende Geste oder das Verschränken der Beine wären mir Hinweis genug.

Doch sie tat keines von beidem. Stattdessen legte sie ihre Notizen beiseite, was einer förmlichen Einladung gleichkam. Kurzerhand kletterte ich auf ihren Schoß, drehte mich ein paarmal langsam um die eigene Achse und setzte mich dann.

Wie sich dieser Platz bei der Präsidentin und Chefredakteurin eines der wichtigsten Nachrichtenorgane der

Welt anfühlt? Ganz einfach: genau richtig. Nicht zu hart und nicht zu weich. Wärme und Kraft, Sicherheit und Geborgenheit gingen davon aus; es fühlte sich an wie ein sicherer Hafen, in dem ich mich vor der Welt jenseits der Scheinwerfer und Kameras verstecken konnte. In vieler Hinsicht war dies für mich der perfekte Ruheplatz – bis auf einen Schönheitsfehler: Ich bemerkte einige Hundehaare, und die verrieten mir, dass das Herz unseres Gastes nicht nur für Katzen schlug.

»Also müssen wir auf unsere fünf Sinne hören …«, fuhr sie fort, als sich Seine Heiligkeit vorbeugte und die Hand hob.

»Im Buddhismus sprechen wir von sechs Sinnesorganen«, sagte er. »Neben der visuellen und akustischen Wahrnehmung und so weiter gibt es noch das Bewusstsein. Das Bewusstsein dessen, was sich in unserem Geist abspielt. Auch darauf kann man achten.«

»Was nicht dasselbe ist wie denken, oder?«

»O nein!« Die Augen des Dalai Lama blitzten schelmisch. »Sonst würden wir ja alle in ständiger Achtsamkeit leben.«

Die beiden lachten. Seine Heiligkeit rückte sich die Brille zurecht. »Dem Geist gegenüber achtsam zu sein bedeutet, sich seiner Gedanken bewusst zu werden, ohne sich auf sie einzulassen. Sie einfach als Gedanken zu betrachten. Als Erkenntnisleistung. Gedanken kommen, bleiben eine Weile und gehen wieder, sind aber nie von langer Dauer. Wie eine Katze, die übers Sofa springt«, sagte er mit strahlendem Lächeln. »Diese Art der Achtsamkeit ist sehr nützlich. Wenn wir die Achtsamkeit gegenüber unseren Gedanken und Gefühlen schulen, werden wir zu Beobachtern unserer Gedanken und sind nicht länger ihr Sklave. Allmählich, Schritt für Schritt, können wir so die Kontrolle über unseren Gedankenfluss gewinnen und eingefahrene Denkmuster ablegen, die uns nicht oder nicht mehr dienlich sind.«

Wie so oft in den Gesprächen mit dem Dalai Lama ergab sich auch diesmal aus einer einfachen Unterhaltung eine so tiefe und hellsichtige Beobachtung, dass sie auf sein Gegenüber einen beinahe körperlichen Effekt hatte. Es war, als hätte Seine Heiligkeit einen Geistesblitz auf unsere Besucherin abgeschossen.

Im selben Moment schnurrte ich laut in ihr Kragenmikrofon und übertrug damit leise, wohltuende Schallwellen in die Wohnzimmer der Zuschauer. Eine Weile schien die Zeit stillzustehen, als wären alle Anwesenden in einem tiefen Verständnis vereint, das weit über Raum und Zeit hinausging.

Dann lächelte der berühmte Gast des Dalai Lama. »Tja, ich glaube, das wäre der ideale Zeitpunkt, um ein paar Minuten zu meditieren. Eure Heiligkeit, wärt Ihr so nett, die Meditation anzuleiten?«

Der Dalai Lama richtete das Wort an Zuschauer auf der ganzen Welt. Er bat darum, dass sich diese Meditation positiv auf das Wohlbefinden aller Lebewesen auswirken möge, damit sie frei von Leid seien und vollständige Erleuchtung erlangten.

Danach trat Stille ein.

Wie ich da so leise schnurrend auf dem Schoß unseres Gastes saß, kam mir der Raum mit all den Scheinwerfern und Kameraleuten, die sich darin befanden, plötzlich eng und stickig vor. Von der Hitze hatte ich ein trockenes Mäulchen, und durstig war ich auch. Zum Glück stand auf einem Beistelltisch nur ein paar Schritte entfernt ein Glas mit Wasser für die Besucherin bereit.

Ich stand auf und schlich mich über die Armlehne des Sofas. Neben dem Tischchen ließ ich mich nieder und trank gierig von dem Wasser.

Ein prustendes Geräusch hinter den Kameras ließ mich aufschrecken. Unmittelbar darauf folgte ein weiteres, ganz ähnliches Geräusch. Ich blickte kurz auf, konnte hinter den grellen Scheinwerfern jedoch nichts als Schwärze erkennen. Dann wurde es wieder ruhig, doch sobald ich weitertrank – ich hatte wirklich großen Durst –, ertönte erneut leises Lachen und ein seltsames Schnauben.

Das sich plötzlich in ein unkontrolliertes Kichern verwandelte. Eine Kamerafrau konnte nicht länger an sich halten – vermutlich *gerade, weil* es sich nicht gehört, während einer weltweit ausgestrahlten, vom Dalai Lama persönlich geleiteten Meditation zu lachen. Das Kichern wirkte ansteckend. Schon bald gaben alle Anwesenden sehr merkwürdige Geräusche von sich.

Seine Heiligkeit und der Gast blickten gleichzeitig auf und sahen mich mit gerunzelter Stirn an, bevor sie ebenfalls losprusteten. Unserer Besucherin rannen sogar Tränen über die Wangen. Der Dalai Lama lachte mit unbeschwerter Heiterkeit und hielt sich dabei den Bauch.

Sobald ich meinen Durst gestillt hatte, verließ ich den Beistelltisch und kehrte auf das Sofa zurück. Ich spazierte über den Schoß der Besucherin zur anderen Seite hinüber. Eine weitere Lachsalve ertönte. Was um alles in der Welt konnte denn hier so komisch sein?

Seine Heiligkeit deutete auf ihr Glas. »Darf ich Ihnen einen Schluck Wasser anbieten?«, fragte er, was erneut große Heiterkeit auslöste.

»Wie Sie sehen«, keuchte unser berühmter Gast zwischen zwei Lachanfällen, »ist diese Meditationssitzung nicht ganz so verlaufen, wie wir gedacht hatten.«

»Aber heilsam: Lachen ist immer eine gute Medizin«, sagte Seine Heiligkeit.

Mir entging nicht, dass in diesem Augenblick alle Kameras sowie eine Vielzahl von Augenpaaren auf mich gerichtet waren. Mit einem gebieterischen Blick in den saphirblauen Augen hob ich den Kopf.

Was stellten die sich nur alle so an? Hatten sie etwa noch nie eine Katze Wasser trinken sehen?

❧

Später an diesem Nachmittag beschloss ich, dem Namgyal-Kloster und dem Chaos, das die Kameraleute mit ihren Scheinwerfern und Apparaten und den endlosen Kabeln dort anrichteten, zu entfliehen. Ich begab mich an einen anderen Lieblingsort von mir, den mir Serena einst gezeigt hatte und der seither eine große Rolle in meinem Leben spielte: die Yogaschule des Herabschauenden Hundes.

Das auf einem Hügel ganz in der Nähe gelegene Yogastudio bot einen unverstellten Ausblick auf den Himalaja. Inzwischen hatte ich mir angewöhnt, während des Nachmittagsunterrichts auf einem Holzhocker im rückwärtigen Teil des Raumes Platz zu nehmen und die Silhouetten der Schüler in den verschiedenen Haltungen zu beobachten, die sich vor diesem atemberaubenden Hintergrund abbildeten. Nach der Stunde traten alle entspannt durch die Schiebtüren auf einen breiten, geräumigen Balkon und versammelten sich um ihren Lehrer, den sonnengebräunten, alterslosen Ludo. Mit seinem silbergrauen kurz geschorenen Haar erinnerte er trotz seines deutschen Akzents beinahe an einen Guru.

In der einfallenden Dämmerung wurde bei grünem Tee ungezwungene Konversation betrieben. Über uns nahmen derweil die eisbedeckten Gipfel des Himalajas erst die Farbe flüssigen Goldes an, dann wurden sie ziegelrot und schließlich so zartrosa wie der Zuckerguss auf Mrs. Trincis Törtchen. Alles in allem ein gemütliches Ritual, ganz nach dem Geschmack von uns Katzen.

In der Yogaschule des Herabschauenden Hundes hatte ich auch Sid kennengelernt, den gut aussehenden und geheimnisvollen Inder, der Serenas Herz erobert hatte. Und hier hing zudem ein kleines Schwarz-Weiß-Foto, auf dem ein Lhasa Apso zu sehen war: wahrscheinlich der Hund, nach dem das Studio benannt worden war, hatte ich gedacht. Ich konnte ja nicht ahnen, welch große Bedeutung dieser Hund für mich noch bekommen sollte.

Vor ein paar Monaten hatte ich den lebhaftesten Traum meines Lebens. Darin sah ich eine viel jüngere Version des Dalai Lama in seinen Räumen im Potala-Palast im tibetischen Lhasa. Es herrschte eine Atmosphäre der Bedrohung und des eiligen Aufbruchs. Seine Heiligkeit kam zu mir, hob mich hoch und erklärte mir, dass er Tibet verlassen müsse, da die Rote Armee kurz davorstand, Lhasa zu besetzen. Er gab mich in die Obhut einer Tibeterin namens Khandro-la, die mich mit freundlicher und furchtloser Miene in Empfang nahm. Er versprach mir, dass wir uns wiedersehen würden – wenn nicht in diesem Leben, dann in einem anderen.

Dieser Traum und seine Folgen hatten mich tief erschüttert. Der größte Schock war natürlich, wie ihr, liebe Leser, euch sicher vorstellen könnt, dass ich in diesem Traum ein Hund war.

Ja – wirklich! Ein *Lhasa Apso*, um genau zu sein.

Da dieser Traum so lebensecht gewirkt und sich alles darin so normal angefühlt hatte, zweifelte ich nicht an seiner Aussagekraft. Und tatsächlich wurde er durch ein weiteres Vorkommnis bestätigt: Als Seine Heiligkeit der feierlichen Wiedereröffnung der Yogaschule des Herabschauenden Hundes beiwohnte – wegen eines Brandschadens hatte das Studio renoviert werden müssen –, erspähte er mich auf dem Holzhocker im rückwärtigen

Teil des Unterrichtsraums. Dann warf er einen Blick auf das vergilbte Foto des Lhasa Apso.

»Es freut mich, dass sie den Weg zu dir zurückgefunden hat«, teilte er Ludo mit funkelnden Augen mit.

Anscheinend war ich in meinem Leben als Hund aus Tibet nach Indien geflohen, und offenbar hatte sich Ludo damals um mich gekümmert. Doch weshalb er und nicht der Dalai Lama? Wo war Seine Heiligkeit gewesen, als ich Dharamsala erreichte? Hatte er sein Versprechen, dass wir uns wiedertreffen, bereits in diesem Leben erfüllt?

Fragen über Fragen. Aber ich hatte auch eine Erkenntnis gewonnen, an die ich mich seither halte und die ich euch ebenfalls ans Herz legen möchte: Liebe Leser, begegnet keinem Lebewesen mit Hass, egal, um welche Spezies es sich handelt. Denn es kann gut sein, dass ihr in einem früheren Leben genau derselben angehört habt.

∾

Auch dieser Abend folgte der lieb gewonnenen Routine aus Körperdehnung und Selbsterkenntnis. Alle regelmäßigen Teilnehmer waren erschienen, darunter auch meine Freunde Serena und Sid, die ihre Matten direkt vor mir ausgebreitet hatten. Ludo führte die Gruppe durch eine Reihe von Yogahaltungen, dabei ging er durch die Reihen und korrigierte hier den Winkel eines Kopfes und dort die Ausrichtung einer Hüfte. So half er den Schülern, die für die Öffnung von Geist und Körper ideale Position zu finden.

Ludo hatte sich sein Yogawissen in langen Jahrzehnten der Praxis und des Studiums angeeignet. Und wie so oft war ich auch heute fasziniert davon, dass die Weisheiten, die er im Unterricht von sich gab, so sehr denjenigen ähnelten, denen ich auf meiner Fensterbank im Büro Seiner Heiligkeit lauschen durfte.

»Diese Abfolge ist euch ja inzwischen bekannt«, sagte er mit sanfter Stimme, während er die Klasse durch eine Reihe stehender Haltungen führte. »Löst die Empfindungen eures Körpers in reines Gefühl auf. Löst alle Gedanken in dasselbe reine Gefühl auf. Kommt zur Ruhe, beziehungsweise im Sanskrit: *Karuna.* Was Karuna ist? Nichts weiter als Aufmerksamkeit gepaart mit Mitgefühl. Karuna ist Offenheit, Empfänglichkeit, Überfluss«, erläuterte er, während er durch die Reihen schritt. »Aufrichtiges Sein, frei von bösen Absichten.«

Die Gruppe ging in die Natarajasana – beziehungsweise Tänzerhaltung, bei der man auf einem Bein steht. »Wie wunderbar, wenn man in der Lage ist, eine solche Position einzunehmen und zu halten. Doch ein flexibler Körper bedeutet wenig, wenn man nicht gleichzeitig sein Herz öffnet. Welchen Nutzen haben solche Übungen, wenn sie nur unseren Körper geschmeidig machen, aber nichts für den Geist tun?«

Später saß Ludo vor der Klasse und leitete die sitzenden Haltungen an. Wie immer wurden diese Übungen von einem hörbaren Knacken der Gelenke begleitet.

»Ah, das tut gut!«, verkündete Ewing, ein älterer Amerikaner und langjähriger Yogaschüler, als eine sei-

ner Bewegungen ein besonders lautes Knacken hervor-
rief.

»Wobei hast du dich denn so verspannt, Ewing?«, fragte Merrilee in anzüglichem Ton und setzte sich neben
ihn. Die beiden führten des Öfteren nach dem Unterricht angeregte Diskussionen auf dem Balkon, hatte ich
beobachtet.

Vereinzeltes Kichern ertönte aus der Gruppe.

»Bestimmte Körpermuster prägen sich so tief ein«, erklärte Ludo, »dass sie zur unbewussten Angewohnheit
werden. Wir bemerken sie erst, wenn wir gezielt auf unseren Körper achten. Dann können wir sie ablegen. Dasselbe gilt für den Geist. Wenn wir in der Gewohnheit
festhängen und immer wieder auf Denkmuster zurück-
greifen, die sich in der Vergangenheit einmal bewährt haben, werden wir zu ihren Sklaven. Was früher die Lösung
war, wird nun zum Problem. Davon müssen wir uns befreien.«

In diesem Augenblick wandte Serena sich Sid zu.

»Und wie können wir das schaffen?«, fuhr Ludo fort.
»Es verhält sich wie mit der körperlichen Ertüchtigung.
Wir richten die Aufmerksamkeit auf unseren Geist. Und
allein durch unsere Anwesenheit im Hier und Jetzt befreien wir uns von unseren Konditionierungen. Das
Samsara bewegt sich immer im Kreis, und der Geist wird
von Karma und Irrglauben gepeinigt. *Nirwana* ist das ge-
naue Gegenteil – das Loslassen. Sich entspannt unserem
wahren Sein hinzugeben, bis sich jede Unterscheidung
zwischen uns selbst und allem anderen auflöst.«

Während Ludos Vortrag hatte Serena Sid ständig vielsagend angesehen, als hätte Ludos Botschaft eine ganz persönliche Bedeutung für sie.

∞

Ich hatte die Beziehung zwischen Sid und Serena vom ersten Tag an verfolgt. Zu den vielen Qualitäten, über die wir Katzen verfügen, zählen unter anderem ja auch ein großes Einfühlungsvermögen und die Fähigkeit, unsere menschlichen Gefährten selbst dann noch genau zu beobachten, wenn sie schon längst vergessen haben, dass wir uns im selben Raum befinden wie sie. Daher wusste ich, dass es zwischen Serena und Sid in den letzten Monaten nicht zum Besten stand.

Sid war um einiges älter als Serena und hatte schon viel erlebt. Mit Anfang zwanzig hatte er eine Inderin namens Shanti geheiratet. Aus der Ehe war ihre Tochter Zahra hervorgegangen. Shanti muss eine bemerkenswerte Frau gewesen sein: schön, bedingungslos loyal, lebhaft und gütig. Wie Sid einmal erzählt hatte, waren ihre Augen genauso klar und blau wie meine. Die Ehe stand jedoch bedauerlicherweise von Anfang an unter keinem guten Stern. Shanti stammte aus einer enorm reichen und mächtigen Familie – den Wazirs –, die ihre Tochter an den Erben einer ebenso mächtigen Familie verheiraten wollte. Diese Vereinigung zweier der einflussreichsten Dynastien Indiens hätte den Wazirs bis weit in die Zukunft Macht und Status gesichert. Doch Shanti ver-

schmähte den für sie ausgesuchten Bräutigam und ent-
schied sich stattdessen für Sid, den herzensguten, aber
bettelarmen Maharadscha von Himachal Pradesh. Ihre
Eltern, insbesondere die sehr auf ihr gesellschaftliches
Ansehen bedachte Mrs. Wazir, empfanden das als tiefe
Demütigung.

Das Unglück geschah im neunten Ehejahr: Auf einem
gefährlichen Bergpass verlor Shanti die Kontrolle über
ihren Wagen und stürzte von einer Klippe. Sie war sofort
tot, und Sid musste die fünfjährige Tochter allein aufzie-
hen. Er machte sich große Vorwürfe: Hätte er mit im
Auto gesessen, wäre womöglich alles anders gekommen.

Sid war Zahra ein liebender Vater, doch den Verlust der
Mutter konnte er nicht kompensieren. Nur wenige der
Frauen, die er im Lauf der Jahre kennenlernte, hatte er
seiner Tochter vorgestellt. Daher war es ein großer Ver-
trauensbeweis, als er Serena in ihr gemeinsames Leben
ließ.

Serena und die inzwischen vierzehnjährige Zahra waren von Anfang an gut miteinander ausgekommen. Serena nahm sie mit zum Shopping, half ihr bei den Ma-
theaufgaben und machte sie mit der wunderbaren Welt
der Gourmetküche bekannt. Schon bald entspann sich
eine herzliche und innige Freundschaft zwischen den
beiden.

Alles war in bester Ordnung – bis Serena bemerkte, wie trügerisch die traute Dreisamkeit war. Sid hatte
einen großen Europaurlaub geplant, bei dem sie sich
London, Venedig und Südfrankreich anschauen wollten.

Doch eine Woche vor der Abreise erfuhren sie, dass sich Mr. Wazirs Gesundheitszustand dramatisch verschlechtert hatte. Der Urlaub wurde abgesagt, und stattdessen fuhr Sid mit Zahra zu ihrem Großvater, der allerdings, wie sich herausstellte, längst nicht so krank war wie behauptet.

Dann gab es ständig Ärger mit dem Haus, das Sid als neuen Familiensitz gekauft hatte. Da er Serena nicht in dem Gebäude einquartieren wollte, in dem sich auch seine Geschäftsräume befanden, hatte er eine geräumige, aber sanierungsbedürftige Villa in bester Lage erworben. Allerdings dauerte die Renovierung nun schon viel länger als die geplanten paar Monate – nicht zuletzt, weil mysteriöse Verzögerungen die Bauarbeiten behinderten.

※

Am Ende der Yogastunde versammelten sich die Schüler nach und nach auf dem Balkon. Sid und Serena setzten sich auf ihre Matten. Sid nahm ihre Hand.

»Also …«, sagte er mit halb lächelndem, halb ernstem Gesicht. »Glaubst du, dass ich auch in bestimmten Gedankenmustern festhänge, die nicht gut für mich sind?«

Serena zog seine Hand zu sich heran. »Sid, du bist der netteste Mann, der mir je begegnet ist.« Sie senkte den Blick. »Aber manchmal vielleicht doch etwas zu vertrauensselig.«

Nach kurzem Nachdenken nickte er. »Bezüglich der Wazirs, meinst du?«

»Sid …«

»Sie sind immerhin Zahras Großeltern. Egal, was zwischen mir und ihnen vorgefallen ist.«

»Das weiß ich doch. Und du verhältst dich auch sehr ehrenhaft.«

»Hier geht es nicht um Ehre, sondern darum, dass Zarah eine normale Beziehung zu ihren Großeltern aufbaut. Sie stellen die einzige Verbindung zu ihrer Mutter dar, die ihr geblieben ist.«

»Und da will ich mich auch gar nicht einmischen«, sagte Serena. Ihre Seelenqualen waren ihr deutlich anzusehen.

»Na, dann …« Sid zuckte mit den Schultern, entzog ihr seine Hand, stand auf, drehte sich um und rollte seine Yogamatte zusammen.

»Ich weiß, du denkst, dass ich mich ausnutzen lasse, und diese Besorgnis rührt mich auch sehr.« Er streckte die Hand aus und strich mit dem Zeigefinger über ihre Wange. »Aber du musst dir keinen Kopf machen, Liebes. Ich finde, Zahra sollte den Kontakt zu den Wazirs nicht abbrechen lassen. Aber mit dir und mir und unserem gemeinsamen Leben haben sie nichts zu tun. Sie leben doch in einer ganz anderen Welt als wir.«

Nach meiner Rückkehr vom Yogastudio trabte ich durch den Korridor im ersten Stock. Vor dem Assistentenbüro hielt ich inne. Tenzin saß hinter seinem Schreibtisch und telefonierte – wenn es Anrufe in andere Zeitzonen zu erledigen galt, machte er bereitwillig Überstunden. Wie dem auch sei, er unterhielt sich angeregt, und ich bemerkte ein Funkeln in seinen Augen. Ich humpelte in das Büro und sprang auf den leeren Schreibtisch gegenüber. Bis vor einem Jahr hatte hier noch Chogyal gesessen und Seine Heiligkeit in spirituellen Fragen beraten. Chogyals viel zu früher Tod hatte eine Lücke hinterlassen, die trotz einer Vielzahl von Bewerbungsgesprächen bisher nicht gefüllt werden konnte.

»Was sagt man dazu, KSH!« Tenzin legte grinsend auf. »Du wirst ja eine richtige Berühmtheit!«

In diesem Augenblick betrat der Dalai Lama das Büro.

»Gerade hatte ich den Produzenten des Interviews von heute Nachmittag am Apparat«, sagte Tenzin und deutete auf das Telefon. »Er hat eine Bitte.«

Seine Heiligkeit hob überrascht die Augenbrauen und kam zu mir herüber. Ich rollte mich auf den Rücken, streckte die Pfoten in alle Himmelsrichtungen aus, so weit ich konnte, und bot ihm meinen flauschigen weißen Bauch zum Kraulen dar.

»Erst wollten sie die KSH rausschneiden und das Ende des Interviews noch einmal drehen«, sagte Tenzin. »Aber als sie das Material im Schneideraum sichteten, waren alle begeistert und bestanden darauf, es so zu lassen, wie es ist. Und jetzt bitten sie um Eure Erlaubnis, das Ganze ungeschnitten zeigen zu dürfen.«

Der Dalai Lama zuckte gleichmütig mit den Schultern und beugte sich vor, um meinen weichen Bauch zu streicheln. »Siehst du, alle mit Bewusstsein ausgestatteten Lebewesen können Freude bereiten. Du musst dir nur die

Kleine hier ansehen. Sie bringt den Menschen mehr über Liebe und Güte bei als die meisten anderen Kreaturen auf Erden. Und zum Lachen bringt sie sie auch.«

»Ihre Methoden sind etwas … unorthodox«, bemerkte Tenzin.

»Spontan eben. Zum Glück.« Seine Heiligkeit kicherte. »Bestimmt wird diese Katze bald berühmter sein als der Lama.«

Drittes Kapitel

Seid ihr auch des Öfteren gemein zu einer bestimmten Person? Gibt es jemanden, auf dem ihr ständig herumhackt? Diese Frage mag euch seltsam vorkommen, und etwas sensiblere Leser könnten sich sogar darüber empören.

Aber ich kenne viele, die von einer merkwürdig zwanghaften Grausamkeit besessen sind – und zwar ausschließlich einem einzigen Wesen gegenüber. Solche Menschen nehmen den Egoismus ihnen fremder Personen ebenso geduldig hin, wie sie zwei Augen zudrücken, wenn Freunde sie enttäuschen. Doch wehe, eine ganz bestimmte Person ist nicht in allen Belangen perfekt – sie schickt beispielsweise irrtümlich eine E-Mail an den falschen Empfänger, kann während einer Diät einem Stück Schwarzwälder Torte nicht widerstehen oder sieht sich nicht imstande, eine bestimmte Software zu installieren, weil sie nichts von Computern versteht. Dann ist Schluss mit lustig. Die betreffende Person wird zusammengestaucht, als inkompetenter Trottel, Vielfraß oder Tollpatsch beschimpft. Womöglich gar unter Gebrauch einer Reihe noch schlimmerer Kraftausdrücke, die dem Unglücklichen ohne Rücksicht auf sein psychisches Wohlbefinden an den Kopf geworfen werden.

Was der Grund für eine so grausame Doppelmoral sein mag, werdet ihr euch jetzt fragen. Wie kann jemand, der anderen sonst mit so viel Verständnis begegnet, einen bestimmten Menschen derart unbarmherzig beurteilen?

Solltet ihr noch nicht herausgefunden haben, von wem ich spreche, würde ich vorschlagen, dass ihr mal aufsteht, zum nächsten Spiegel geht und hineinseht. Jetzt, liebe Leser, steht ihr eurem erbittertsten und härtesten Kritiker gegenüber.

Auch ich tappe oft genug in diese Falle. Wenn ich versehentlich auf dem Läufer ausrutsche, rappele ich mich wieder auf und lege wütend die Ohren an. Und statt eines Miaus bringe ich nur ein hohes Quieken heraus. Dann mache ich mir schwere Vorwürfe – was, bitte, war denn das für ein unwürdiges Geräusch? Schließlich bin ich doch eine Katze von hoher Geburt …

Trotz des inspirierenden Unterrichts Seiner Heiligkeit fand ich schnell heraus, dass die Meditation fruchtbaren Boden für Selbstvorwürfe bietet. Der Dalai Lama hatte uns zwar erklärt, dass geistige Unruhe ganz normal sei. Dennoch fand ich es unglaublich schwierig, mich nicht für mein Scheitern zu kritisieren, wenn es mir nicht einmal gelang, mich auch nur zwanzig Sekunden lang auf eine Sache zu konzentrieren. Doch sobald ich es versuchte, wimmelte es in meinem Geist vor Flöhen.

Aber ich blieb dran, Tag für Tag. Wenn Seine Heiligkeit um drei Uhr früh aufstand, um zu meditieren, folgte ich seinem Beispiel, setzte mich auf die untergeschlagenen Pfoten und konzentrierte mich auf meine Atmung. Leicht fiel es mir nicht. Die Versuchung aufzugeben, um nicht in diesen Strudel aus negativen Gedanken hineingesogen zu werden, war sehr groß.

Der Umgang mit solchen Herausforderungen gehört zu unseren täglichen Prüfungen. Äußerlich gibt es meistens keine Anzeichen der Schlacht, die wir in unserem Inneren schlagen. Bei anderer Gelegenheit wiederum sucht sich lange verdrängter Druck auf völlig unerwartete Weise ein Ventil.

Das Himalaja-Buchcafé, nur einen kurzen Spaziergang vom Namgyal entfernt, ist ein beliebter Treffpunkt für Touristen und eine Oase der Zivilisation in der chaotischen und geschäftigen Innenstadt von Dharamsala. Sobald man es betritt und das reich verzierte Empfangspult zur Rechten passiert hat, erblickt man weiße Tischdecken, Korbstühle und eine große Espressomaschine aus Messing. Überall hängen *Thangkas* – kunstvoll gestickte tibetische Wandteppiche. Links vom Tresen führt eine kleine Treppe zum Buchladen hinauf, in dessen gut sortierten Regalen eine Vielzahl von Grußkarten, Geschenken und asiatischen Kunstgegenständen feilgeboten wird. Auf einer Seite liegen in einem polierten Teakholzregal die aktuellen Tageszeitungen und die jüngsten Ausgaben internationaler Hochglanzmagazine aus. Im Laufe der Jahre wurde das oberste Regalbrett – zwischen *Vogue* und *Vanity Fair* – zu meinem bevorzugten Ruheplatz. Von dort aus kann ich, ähnlich wie auf dem Fensterbrett Seiner Heiligkeit, alles mit minimalem Aufwand beobachten.

Eines Nachmittags wurde meine Siesta auf diesem Regal von einem großen Möbelwagen gestört, der direkt vor dem Vordereingang des Cafés hielt. Der Motor brummte laut im Leerlauf und spuckte dunkle Abgaswolken. Kusali, der Oberkellner – das indische Äquivalent eines formvollendeten englischen Butlers –, wollte gerade die Türen des Cafés schließen, als ein Fahrer in Arbeitsuniform aus dem Lkw stieg und eine Unterschrift verlangte. Unterdessen waren zwei muskulöse Männer damit beschäftigt, ein großes Objekt aus der geöffneten Laderampe des Lastwagens zu hieven. Es war in Decken gehüllt und mit Seilen verschnürt, sodass ich nicht sehen konnte, worum es sich handelte.

Inzwischen war Serena hinzugeeilt, um den Lieferschein zu unterschreiben und die Möbelpacker zu einer leeren Wand im rückwärtigen Teil des Cafés zu führen. Was immer sich auch unter diesen Decken befand, die beiden Männer behandelten es wie ein rohes Ei. Sie schoben das Objekt ehrfürchtig über das gewienerte Parkett, bevor sie die Schnallen und Riemen lösten, von denen es zusammengehalten wurde.

Nun konnte ich nicht länger widerstehen. Ich sprang vom Regal und ging leicht unsicheren Schrittes hinüber, um den mysteriösen Gegenstand genauer zu inspizieren. Soeben wurde die letzte Packdecke von auf Hochglanz poliertem Palisanderholz gezogen. Inzwischen hatten sich auch Sam, der den Buchladen leitete, sowie mehrere neugierige Kellner zu Serena und Kusali gesellt.

»Francs Klavier«, verkündete Serena, während ich vortrat, um den beißenden, intensiven Geruch der Möbelpolitur zu schnuppern. Auf die seltsame Form des Objektes mit den glänzenden Fußpedalen konnte ich mir allerdings keinen Reim machen.

Serena nahm das Handy aus der Tasche und suchte nach Francs Nummer. »Der wird sich freuen!«

Franc, der Inhaber des Himalaja-Buchcafés, war vor zehn Jahren in einer Wolke aus Kouros-Rasierwasser und in Begleitung seiner Französischen Bulldogge Marcel aus San Francisco hierher übergesiedelt. Niemand wusste genau, was ihn nach Dharamsala verschlagen hatte. Vielleicht lag es daran, dass der Ort ein Magnet für Exzentriker war – und Franc hatte nun wirklich *nichts* Normales an sich. Er eröffnete ein Café, wie man es sonst vielleicht in den Gassen Montmartres oder Monterossos finden mochte, aber bestimmt nicht in den schäbigen Straßen von McLeod Ganj.

Zunächst war Franc ein »Designer-Buddhist« gewesen, nur auf die äußeren Merkmale dieser Lehrtradition fixiert. Erst als ihn der kompromisslose Geshe Wangpo aus dem Namgyal-Kloster als Schüler aufnahm, legte Franc seinen goldenen Om-Ohrring ab, ließ sich das bisher kurz geschorene Haar wieder wachsen und arbeitete auch an seiner inneren Entwicklung. Auf Geshe Wangpos Rat hin war er sogar nach San Francisco zurückgekehrt, um Frieden mit seinem im Sterben liegenden Vater zu machen. Während seiner Abwesenheit hatte Serena die Leitung des Cafés übernommen. Diese Aufgabe erfüllte sie so gut, dass sie sich nach Francs Rückkehr den Posten teilten, und beide profitierten davon: Serena fand die ideale Balance zwischen Arbeit und Freizeit, was ihr in Europa nie gelungen war. Und Franc hatte genug Muße, um zu lesen oder unter den wachsamen Augen von Marcel und Kyi Kyi – einem Lhasa Apso, der eines Tages im Büro des Dalai Lama aufgetaucht war und den Franc bei sich aufgenommen hatte – zu meditieren.

Über sein Privatleben schwieg sich Franc aus, weshalb auch niemand so recht wusste, was er vor der Eröffnung des Cafés getrieben hatte. Nach seiner Rückkehr aus San Francisco war er allerdings wie verwandelt. Schon immer hatte er dazu tendiert, den Gästen mit ausgesuchtem Charme zu begegnen, das Personal aber an der kurzen Leine zu halten. Doch in letzter Zeit waren seine Stimmungsumschwünge noch extremer geworden. Manchmal hatte er überaus gute Laune und erfreute sich an der Gesellschaft seiner Mitmenschen. In solchen Augenblicken schien es, als wäre die Welt nur zu seinem Entzücken da. An anderen Tagen wendete sich aus unerfindlichen Gründen das Blatt, er zog sich zurück und setzte eine teilnahmslose Miene auf. Dann arbeitete er wie ferngesteuert, erteilte einsilbige Befehle und schien kaum in der Lage, seinen Selbsthass und seine Verzweiflung im Zaum zu halten.

Während eines seiner »Hochs« überraschte er die Belegschaft mit der Mitteilung, in seiner Jugend habe er leidenschaftlich Klavier gespielt und wolle deshalb jetzt eines für das Café besorgen. Sobald das Instrument eintraf, würde er eine Soiree geben. Uns war nicht entgangen, dass Franc seit seiner Rückkehr viel genauer darauf achtete, welche Hintergrundmusik im Café gespielt wurde. Er hatte sich haufenweise klassische Musik heruntergeladen, hauptsächlich Gesangsstücke. Natürlich war er schlau genug, seine Gäste nicht mit zu aufdringlichen oder komplexen Werken zu überfordern. Eines Abends jedoch, kurz vor Schließung des Cafés, hatte er lautstark von der »Königin der Nacht« aus Mozarts *Zauberflöte* geschwärmt – seiner Meinung nach die beste Arie, die je für eine Sopranstimme komponiert worden war – und die Stereoanlage bis zur Schmerzgrenze aufgedreht. Ich floh, so schnell mich meine pelzigen grauen Stiefel trugen!

Wir mussten nicht lange warten, bis Franc an jenem Nachmittag in seinem wie immer blitzblank geputzten Fiat Punto vorfuhr. Mit Marcel und Kyi Kyi im Schlepptau stürzte er ins Café und eilte freudestrahlend auf das Klavier zu. Doch als er das Instrument in Augenschein nahm, den Hocker darunter hervorzog, den Deckel hob, um die glänzenden Tasten freizulegen, war ihm eine leichte Unsicherheit anzumerken.

Serena, Sam und die übrige Belegschaft hatten sich in einiger Entfernung versammelt und beobachteten Franc, der seinerseits das Piano inspizierte. Vorsichtig strich er mit der Fingerspitze über die weiß und schwarz lackierten Tasten; dann klappte er den Notenständer auf und zu, als würde ihn das an vergangene Zeiten erinnern, als er noch vom Blatt gespielt hatte; schließlich lehnte er sich zurück, sah auf seine Füße hinab und trat erst auf eines, dann auf das nächste Pedal, um ein Gefühl dafür zu bekommen. Die Spannung im Publikum stieg.

Obwohl ich nie zuvor ein Klavier gesehen hatte, war ich mit seiner Musik vertraut. In den guten alten Zeiten hatte ich viele Mittagspausen mit Tenzin im Erste-Hilfe-Zimmer verbracht, einem ruhigen Ort, wo er sich eine Weile zurückziehen und sein Essen zu den Konzerten genießen konnte, die aus dem Bush House in London übertragen wurden. Auf diese Weise hatte ich meine kulturelle Bildung erhalten. Da ich also wusste, wie unglaublich vielseitig ein Klavier klingen kann, war ich Feuer und Flamme, ein solches Instrument endlich in natura zu erleben. Serena, Sam und den Kellnern ging es nicht anders. Franc verstellte die Höhe des Klavierhockers, indem er an mehreren Knöpfen an der Seite drehte. Dann setzte er sich gerade hin und wiegte den Kopf, als versuchte er, eine bestimmte Erinnerung heraufzubeschwören,

Spiel einfach irgendetwas!

Franc blickte über die Schulter. Die einzigen Gäste saßen am anderen Ende des Cafés vor der geöffneten Glastür. Er wandte sich wieder um, nahm Haltung an und streckte die Arme nach dem oberen Ende der Tastatur aus. Wir beobachteten ihn wie gebannt und in atemloser Spannung. Dann, plötzlich, haute er in die Tasten, und die dramatischen Anfangsakkorde von Griegs Klavierkonzert erklangen. Passend zu der Berglandschaft, die das Stück beschreibt, gingen die Töne auf eine spektakuläre, donnernd rumpelnde Talfahrt die Klaviatur hinunter.

Eine makellose Eröffnung. Magisch. Wie verzaubert beobachteten wir Francs Spiel. Wer hätte gedacht, dass ein so großartiger Pianist in ihm steckte? Oder dass er sich nach so vielen Jahren an die Noten erinnern und noch so gut spielen würde? Was für ein begnadeter Musiker!

Wenige Augenblicke später allerdings geriet er ins Stocken. Er spielte etliche dissonante Akkorde, die Edvard Grieg *so* ganz bestimmt nicht komponiert hatte. Franc hielt inne und ließ verzweifelt die Hände sinken.

»Franc! Das war wundervoll!« Serena gratulierte ihm als Erste.

»Wirklich beeindruckend! Grandios!«, flöteten Kusali und Sam.

Franc schüttelte den Kopf, als hätte er ihre aufmunternden Worte gar nicht gehört. »Mein Gedächtnis ist so schlecht …«, meinte er ratlos.

Er versuchte etwas anderes – die ersten, sanft fließenden Töne von »Für Elise«. Diesmal hielt er viel länger durch, bevor er sich verspielte. Obwohl es sonst niemand bemerkt hatte, hörte er schlagartig auf und machte seinem Ärger mit ein paar schiefen Akkorden Luft.

»Dieses Stück habe ich seit meiner Kindheit tausend, ach was, zehntausend Mal gespielt. Früher konnte ich es im Schlaf. Und jetzt?«

»Aber du hast jahrelang nicht mehr geübt, Franc«, wandte Serena ein. »Mit Noten …«

»Darum geht's ja! Ich sollte keine Noten *brauchen*! Ich müsste alles auswendig können. Wie früher!«

»Na ja, eine kleine Auffrischung …«, begann Sam, doch Franc hatte schon das nächste Stück in Angriff genommen.

Dieses kannte ich nicht, obschon die schwermütige Melodie eine Komposition der russischen Romantik vermuten ließ. Auch hier kam Franc nicht weit, bevor er sich erneut über sein »schreckliches« Gedächtnis beschwerte. Das Publikum murmelte tröstende Worte, die er jedoch ignorierte.

»Vielleicht solltest du etwas spielen, wozu man keine Noten braucht?«, schlug Sam vor.

So gut dieser Ratschlag auch gemeint war – er rief eine äußerst negative Reaktion hervor.

Franc schob den Hocker zurück. »Das ist es ja! Ich kann nicht improvisieren!«, jammerte er. »Als Musiker bin ich eine Niete, ein hoffnungsloser Fall.«

»Franc …«

»Kopf hoch ...«

»Aber Sir ...«, begann Kusali.

Mit kühler Distanziertheit klappte Franc den Deckel über dem Manual zu, stand auf und schlich mit hängendem Kopf und gesenktem Blick aus dem Café. Als er am Tresen vorbeikam, sprangen die beiden Hunde aus ihrem Korb und sahen neugierig zu der Gruppe vor dem Klavier hinüber. War Francs Besuch wirklich schon vorbei? Sie trotteten treuherzig hinter ihm her.

Serena, Sam, Kusali und die anderen Kellner sahen sich ratlos an. Sie waren soeben Zeugen eines brillanten, wenn auch viel zu kurzen Klavierkonzerts geworden. Eine Vorstellung, die umso bemerkenswerter gewesen war, als Franc in über fünfzehn Jahren keinen Ton gespielt hatte. Dass er sein Ausnahmetalent als »hoffnungslos« bezeichnete, verschlug ihnen glatt die Sprache.

∞

»Das Thema des heutigen Abends ist Mitgefühl«, dozierte Geshe Wangpo vom Lehrerthron des Namgyal-Tempels herab. Geshe Wangpo, der nicht nur Francs Lehrmeister war, sondern auch einer der angesehensten Lamas des Klosters, hielt jeden Dienstagabend auf Englisch einen Lehrvortrag, der für Mönche und interessierte Laien gleichermaßen zugänglich war.

Schon seit Franc vor mehreren Jahren ernsthaftes Interesse am Buddhismus entwickelt hatte, wohnte er der Dienstagabendklasse häufig bei. Aber nachdem er Sam die Leitung des Buchladens übertragen hatte, zog es ihn regelmäßig zu der, wie er es nannte, »kostenlosen Psychotherapie« im Tempel. Und seit Serena seine Geschäftspartnerin war, besuchte sie ebenfalls die Vorlesungen.

Die geheimnisvolle, beruhigende Atmosphäre des Tempels übte einen ganz eigenen Reiz auf die Schüler aus. Schwaden von Räucherwerk zogen durch den Raum, und die goldenen Gesichter der vielen kunstvollen Buddhastatuen wurden von einem Meer aus Butterlampen erhellt. Für Erleuchtung sorgten auch Geshe-las Vorträge, die allwöchentlich genau auf die jeweiligen Bedürfnisse der Teilnehmer zugeschnitten schienen. Da der Namgyal-Tempel nur einen kurzen Spaziergang durch den Innenhof von meiner Wohnstätte entfernt lag, saß ich oft in einer Nische im rückwärtigen Teil, die im Laufe der Jahre mein Stammplatz geworden war. Von hier aus konnte ich die Aktivitäten im Tempel gut beobachten.

Als einer der berühmtesten Lamas von Namgyal war Geshe-la ganz »alte Schule«. Er hatte seine Ausbildung vor der chinesischen Besetzung in Tibet erhalten. Seine runde, muskulöse Gestalt flößte zwar Ehrfurcht ein, bot aber auch einen herzerwärmenden Anblick. Er wurde für seine unermessliche Güte ebenso respektiert wie dafür, keinerlei Müßiggang von Geist oder Körper zu dulden. Vor allem aber war er bekannt für seine hellseherischen Fähigkeiten.

»Liebe und Mitgefühl sind zwei zentrale Werte unserer Tradition«, teilte er seinem Publikum mit. Ich hörte von meiner Nische aus zu. »Doch was bedeuten diese Begriffe? Im Buddhismus definieren wir Liebe als den ›Wunsch, anderen Freude zu bereiten‹. Wenn wir Liebe geben, folgt das Mitgefühl ganz automatisch, denn es ist der ›Wunsch, andere von ihrem Leid zu befreien‹.

Wir alle empfinden Liebe und Mitgefühl für unsere Freunde, unsere Familie und andere Lebewesen. Das ist nur natürlich und normal. Liebe und Mitgefühl als Teil unserer spirituellen Entwicklung dagegen bedeuten *reine, große* Liebe und *reines, großes* Mitgefühl. *Rein* heißt: bedingungslos. Wir geben, ohne eine Gegenleistung dafür zu erwarten. Sonst wäre es nämlich keine Liebe, sondern ein Tauschhandel!«

Sein Kichern hallte durch den Tempel.

»Doch wie sehr sind unsere Liebe und unser Mitgefühl an Bedingungen geknüpft? Wollen wir nicht, dass dieser oder jener nur glücklich ist, wenn er sich auf eine bestimmte Weise verhält? Helfen wir einem anderen womöglich nur, weil wir davon ausgehen, dass er sich irgendwann für diesen Gefallen revanchiert? Wir müssen ehrlich zu uns sein und uns die Frage stellen: ›Wie viel von meiner Liebe und meinem Mitgefühl ist rein – und wie viel an Bedingungen geknüpft?‹

Wir bemühen uns um große Liebe und großes Mitgefühl. Das bedeutet, dass wir beides nicht auf die beschränken, die uns wichtig sind. Wie viele Lebewesen sind das – fünf? Zwanzig? Zweihundert? Was aber ist mit den anderen sieben Milliarden Menschen auf dieser Erde? Was ist mit den unzähligen nicht menschlichen *Sem Chens*, also allen Wesen, die mit einem Bewusstsein ausgestattet sind? Wollen diese nicht auch glücklich sein?

Wollen diese nicht auch Leid vermeiden? Sind ihre Leben für sie nicht ebenso wichtig wie mein Leben für mich? Wie können wir also sagen: ›Ich will, dass nur dieser oder jener glücklich ist, aber die anderen sieben Milliarden sind mir egal?‹ Oder: ›Mögen alle Lebewesen frei von Leid sein‹« – er legte die Hände in der Parodie einer Andachtsgeste vor das Herz – »bis auf meinen Exmann und alle, die die Konservativen wählen?‹«

Diese Worte wurden durch eine muntere, frische Brise unterstrichen, die die Tasseln der Thangkas hin und her baumeln ließ.

»Große Liebe und großes Mitgefühl können wir nur herausbilden, wenn wir die Lehre des Buddhas ohne jede Voreingenommenheit praktizieren. Wir beschränken uns nicht auf Menschen oder Lebewesen, die wir mögen. Dadurch erinnern wir uns daran, dass selbst die Kreaturen, mit denen wir nicht besonders gut auskommen, glücklich und frei von Leid sein wollen, genau wie wir. Womöglich sind sie auf ihrer Suche nach Glück auf dem Holzweg und richten damit großen Schaden an, doch wir alle haben das gleiche Ziel.«

Er senkte die Stimme, sodass wir uns vorbeugen mussten, um ihn zu verstehen. »Freilich können wir die anderen und ihr Streben nach Glück erst akzeptieren, wenn wir uns selbst akzeptieren.«

Er verstummte, damit das Publikum diese Worte verarbeiten konnte. Und nicht nur die Worte – auch ihre unausgesprochene Bedeutung, die an diesem heiligen Ort noch mehr an Gewicht gewann.

»Welchen Zweck hätte es, anderen Glück zu wünschen, nicht aber sich selbst? Warum sollten wir mit wildfremden Menschen Geduld haben, wenn wir sie nicht mit uns selbst haben? Das ergibt doch keinen Sinn. Wer so denkt, beweist einen Mangel an Weisheit, denn dem Selbst, das wir so schwer akzeptieren können, wohnt keine unabhängige Realität inne. Wir können es nicht finden. Es ist nur eine Geschichte, die wir uns einreden – und die sich je nach unserer Stimmung ändert.

Warum also sollten wir uns eine Geschichte über uns erzählen, die wir gar nicht hören wollen? Alle Geschichten, die wir uns über uns selbst ausdenken, unterscheiden sich sowieso von denen, die andere Menschen über uns erzählen. So viel ist sicher.

Also entspannt euch. Vergesst alle Geschichten, die ihr euch über euch erzählt, denn es sind nur Geschichten. Nehmt das Ganze nicht so ernst. Lasst euch nicht verleiten, einen Gedanken mit der Wahrheit zu verwechseln.«

Während Geshe-la sprach, beobachtete ich von meinem Aussichtspunkt aus die Hinterköpfe der Anwesenden. Besonders Franc ließ ich kaum aus den Augen. Schließlich hatte ich die harsche Selbstkritik, die er vor dem Klavier geübt hatte, genauso wenig vergessen wie die Tatsache, dass ich heute am Ende meiner morgendlichen Meditation hart mit mir ins Gericht gegangen war, weil ich mich kaum auf meinen Atem konzentriert hatte.

Doch hier, in der unbeschwerten Atmosphäre des Tempels, überkam mich eine merkwürdige Leichtigkeit.

Die Last dieser Gefühle war von mir genommen. Wie alle großen buddhistischen Meister konnte auch Geshe-la auf eine Art und Weise kommunizieren, die über bloße Worte hinausging.

»Um unser Mitgefühl mit anderen zu kultivieren, müssen wir bei uns selbst beginnen. Und zwar von ganzem Herzen, denn eine oberflächliche Praxis führt auch nur zu oberflächlichen Resultaten. Wir müssen über bloße Gedanken und Konzepte hinausgehen und unser Verständnis vertiefen. Kennt jemand von euch die Definition des Begriffs ›Erkenntnis‹?«, fragte er.

Sofort schossen aus der großen Gruppe von Mönchen im vorderen Teil des Tempels mehrere Hände nach oben. »Wenn unser Verständnis von etwas den Punkt erreicht, an dem es unser Handeln beeinflusst«, antwortete einer, nachdem ihn Geshe-la aufgerufen hatte.

Geshe-la nickte. »Sehr gut. Und bei dieser Entwicklung, dieser Vertiefung des Verständnisses, leistet die Meditation wertvolle Dienste. In seinem alltäglichen Zustand ist unser Geist in Aufruhr. Und was geschieht, wenn man einen Stein in einen aufgewühlten Ozean wirft? Erzeugt er etwa große Wellen? Wohl kaum. Doch wenn man denselben Stein in einen ruhigen Teich wirft, ist das Ergebnis ein ganz anderes.

Mit unserem Geist verhält es sich genauso. Wenn wir mit ruhigem, stillem Geist etwa über das Mitgefühl uns selbst gegenüber nachdenken, vertieft sich unser Verständnis. Es besteht die Möglichkeit, dass wir das Ganze nicht mehr nur für eine interessante Idee halten, sondern die Wahrheit dahinter erkennen. Und dann verändert sich Schritt für Schritt auch unser Verhalten.«

Am nächsten Tag brach Seine Heiligkeit zu einer zweitägigen Reise nach Neu-Delhi auf. Ich war mir selbst überlassen und krönte deshalb meinen Nachmittagsbesuch im Himalaja-Buchcafé mit einem Nickerchen. Bevor ich mich's versah, saßen Serena und Sam schon bei einer Tasse heißer Schokolade – ein Ritual nach Feierabend, das sie sich zur Gewohnheit gemacht hatten. Sobald nur noch wenige Gäste im Restaurant saßen, pflegte Serena die wenigen Stufen zum Buchladen hinaufzugehen, wo um einen niedrigen Tisch herum zwei Sofas standen. Sam gesellte sich zu ihr, und kurze Zeit später brachte Kusali ein Tablett mit heißer Schokolade. Bei den seltenen Gelegenheiten, zu denen ich ebenfalls anwesend war, bekam ich etwas Milch.

»Geshe-las Vortrag gestern Abend war wundervoll«, sagte Serena und hob die Tasse an die Lippen.

»Genau wie die darauf folgende Meditation«, pflichtete Sam, der auf dem anderen Sofa saß, bei.

»Wie immer hat er genau das Richtige gesagt.«

Sam nickte. Dann warf er einen Blick zu Francs Klavier hinüber, an dem ein Mann saß und mit routinierter Leichtigkeit Hotellobby-Klassiker zum Besten gab. Er trug eine Chinohose, ein weißes Hemd und hatte wallende graue Locken. Eine geheimnisvolle Aura umgab ihn. Als er früher am Tag in das Café gekommen war, konnte ich ihn nicht so recht einordnen. Erst als Serena ihn Franc vorgestellt hatte, fiel mir wieder ein, wo ich ihn schon einmal gesehen hatte: Es war Ewing, einer der altgedientesten Schüler im Yogastudio. Ins Himalaja-Buchcafé allerdings verirrte er sich nur selten.

»Für Franc hat sich, scheint's, alles zum Guten gewendet. Wie schön.«

Serena lächelte.

Als Franc heute Morgen in Begleitung seiner Hunde das Café betreten hatte, war ihm die Erleichterung förmlich anzusehen gewesen. Er war weder hyperaktiv noch niedergeschlagen, sondern schien ganz entspannt. Unter dem Arm hatte er einen Packen Notenblätter.

Sobald sich der Betrieb nach dem Frühstück etwas gelegt hatte, setzte sich Franc abermals ans Klavier und klappte den Deckel auf. Er stellte die Noten vor sich hin – eine Bachsonate – und spielte das kurze Stück ruhig und bedächtig. Die wenigen Fehler, die er machte, riefen keine sichtbare Reaktion bei ihm hervor. Diesmal hatte er aber auch kein Publikum: Die Kellner taten so, als wären sie schwer beschäftigt und würden ihm keinerlei Beachtung schenken. Auf Bach folgte Mozart.

»Heute ist es am Klavier ziemlich gut gelaufen«, berichtete Franc Serena, als sie eintraf, um die Abendschicht zu übernehmen. »Aber für eine Soiree reicht ein Musiker nicht. Am besten wäre es, wir hätten jemanden, der vom Blatt spielen *und* improvisieren kann. Oder, noch besser: jemanden, der außerdem auch singt.«

Dann hatte er sich ins Büro des Cafés verzogen, um die Buchhaltung zu machen. Später war Ewing mit einem Bekannten zum Mittagessen vorbeigekommen. Sobald er durch die Tür trat, bemerkte er die Neuanschaffung und eilte zielstrebig darauf zu.

Genau wie Franc an dem Tag, an dem das Klavier geliefert worden war, unterzog auch Ewing das Instrument einer neugierigen Prüfung. Gegen die Versuchung, den Hocker hervorzuziehen, sich zu setzen und den Deckel aufzuklappen, kam er nicht an.

»Können Sie denn Klavier spielen?«, fragte Serena.

»Aber sicher. Ich war Souffleur in New York und Europa«, sagte er mit weichem amerikanischen Akzent. »Und mehrere Jahre Pianist in der Lobby des Grand Hotel in Neu-Delhi.«

»Natürlich!« Serena nickte. »Ich erinnere mich an Sie. Würden Sie uns etwas vorspielen?«

»Sie hätten wirklich nichts dagegen?«

»Aber nein – ich würde mich außerordentlich freuen!«

Einige Minuten später kam Franc mit einem Stapel Rechnungen in der einen und einem Taschenrechner in der anderen Hand aus dem Büro. Als er die charmante Version von »On the Street Where You Live« hörte, blieb er wie angewurzelt stehen. Ewing traf nicht nur jeden Ton, sondern wechselte auch zwischen verschiedenen Stilen. So ging etwa eine Chopin-Interpretation nahtlos in eine schmissige Jazz-Version über.

Serena trat auf Franc zu und erklärte ihm flüsternd, Ewing sei früher Hotelpianist gewesen.

»Bravo!«, gratulierte Franc, sobald Ewing geendet hatte. »Können Sie auch vom Blatt spielen?«

»So einigermaßen, ja.«

»Hätten Sie Lust, am Freitagabend ein kleines Konzert zu geben?«

Langsam breitete sich ein Lächeln auf Ewings Gesicht aus. »In den letzten Jahren war ich eher im Hintergrund …«

»Neuer Schuppen, neue Position«, meinte Franc mit schelmischem Grinsen. »Wird Zeit, dass Sie ins Rampenlicht zurückkehren.«

Am nächsten Freitag nahm ich Punkt neunzehn Uhr meinen Logenplatz auf dem Zeitschriftenregal ein. Das Café war im Cabaret-Stil dekoriert. Vorn neben dem Empfangstresen stand das Klavier. Teelichter in hübschen Buntglashaltern flackerten auf den Tischen und verliehen dem Raum eine heimelige Atmosphäre. Die weitaus meisten der Anwesenden lebten in und um Dharamsala: Francs Freunde, Stammgäste und alle, die zu diesem Anlass eingeladen waren … nur dass niemand den Anlass so genau kannte.

An einem der Tische saß Sid. Er trug ein makelloses weißes Hemd mit Mandarinkragen und unterhielt sich mit Mrs. Trinci und ihrer Freundin Dorothy Cartright. Serena stand vor der Tür und empfing die Gäste. Gleich mehrere Tische wurden von Ludo und Schülern der Yogaschule des Herabschauenden Hundes in Beschlag genommen – unter ihnen befand sich, in einem auffälligen purpurfarbenem Kleid, auch Merrilee, die fleißig dem Champagner zusprach. Einige Mitarbeiter des Dalai Lama waren ebenfalls zugegen: Tenzin und seine Frau Susan, eine Konzertviolinistin, plauderten angeregt mit Oliver, der vor Kurzem zum Dolmetscher Seiner Heiligkeit berufen worden war. Erstmalig hatte sich der Dalai Lama für einen westlichen Dolmetscher entschieden. Oliver war in England geboren und hatte vor fünfzehn Jahren die Mönchsweihen des tibetischen Buddhismus erhalten; er konnte nicht nur mühelos zwischen Tibetisch und Englisch wechseln, sondern beherrschte auch noch ein halbes Dutzend anderer Sprachen.

Franc erschien um kurz nach sieben breit lächelnd in einem beigefarbenen Jackett mit smaragdgrüner Krawatte. Sobald Ewing eintraf – noch eleganter in Smoking und Schleife –, führte er ihn durch das Lokal und stellte ihm die Gäste vor. Da Ewing jedoch schon seit vielen Jahren in McLeod Ganj wohnte, kannte er die meisten natürlich bereits, sodass es eine ausgesprochen fröhliche Begrüßungsrunde wurde. Und selbstverständlich versäumte man es auch nicht, dem am höchsten Punkt sitzenden Gast die gebührende Ehre zu erweisen.

Sobald sie das Zeitschriftenregal erreicht hatten, in dem ich mit manierlich untergeschlagenen Pfoten saß, deutete Franc auf mich. »Das ist Rinpoche«, sagte er. Unter diesem Namen, der üblicherweise den Lamas des tibetischen Buddhismus verliehen wird und so viel wie »Kostbarkeit« bedeutet, war ich im Café bekannt.

»Oder auch Swami. So nennt man sie in der Yogaschule des Herabschauenden Hundes.« Ewing legte die Handflächen aufeinander und verbeugte sich. »Wir kennen uns bereits.«

Kurze Zeit später ergriff Franc das Mikrofon, um die Veranstaltung zu eröffnen.

»Es ist schon merkwürdig: In jedem Abschnitt unseres Lebens begegnen wir neuen Menschen ...«, hob er an. »Und während die meisten von euch schon seit Jahren mit Ewing befreundet sind, kenne ich ihn erst seit Kurzem. Und ich erfuhr, dass er nicht nur ein ausgezeichneter Pianist ist, sondern auch noch singen kann.«

Unter Ewings Yoga-Mitschülern brach Jubel aus. Offenbar war ihnen das ebenfalls neu.

»Ewing war Souffleur. Ich wusste erst gar nicht, was das ist. Ein Souffleur folgt jeder Note einer Oper oder eines Musicals und hilft der Sängerin oder dem Sänger auf die Sprünge, wenn sie oder er den Text vergessen hat.«

»*Sobald* sie den Text vergessen«, bemerkte Ewing, worauf Gelächter im Publikum ertönte.

»Ein Souffleur braucht eine gute Stimme und einen großen Stimmumfang. Ewing, der schon so lange in der Welt der Musik lebt, hat mir die Freude an dem zurückgegeben, das mir in meinen Jugendjahren das Liebste war«, sagte Franc tief bewegt. »Und dafür bin ich ihm aufrichtig dankbar. Deshalb freue ich mich ganz besonders, Mr. Ewing Klipspringer heute zu unserer ersten Soiree begrüßen zu dürfen.«

Ewing saß bereits am Klavier und spielte zur allgemeinen Erheiterung die ersten Takte von Beethovens Fünfter Sinfonie.

»Ich bin mir sicher, dass er einige wunderbare Stücke für uns in petto hat.«

Anders als mit dem Wort »zauberhaft«, liebe Leser, kann ich die Musik beim besten Willen nicht beschreiben. Keiner der Anwesenden hatte gewusst, was ihn erwartete, doch als Ewing Bononcinis Arie »Per la gloria d'adorarvi« anstimmte, wussten alle, dass dies ein unvergesslicher Abend werden würde.

Das Publikum applaudierte frenetisch, der Wein floss in Strömen, und je später der Abend wurde, desto begeisterter war die Zuhörerschaft. Nach mehreren Liedern gab Ewing ein Intermezzo mit Werken von Chopin bis zu Count Basie zum Besten. Dann kündigte er zur allgemeinen Überraschung an, dass Tenzins Frau Susan die »Meditation« aus Massenets *Thaïs* vortragen würde.

Die meisten von uns kannten Susan nur flüchtig – und erst, als sie dieses wunderschöne Stück spielte, begriffen wir, wie groß ihr Talent war. Die zierliche, schlanke Frau, die mit ihrer Geige förmlich zu verschmelzen schien, schlug das Publikum in ihren Bann. Einige Augenblicke lang *waren* wir Musik, waren in dieser zeitlosen Erfahrung versunken wie in einem Zustand tiefer Meditation.

Konnte es Zufall sein, dass Geshe Wangpo auf einem abendlichen Spaziergang genau in dem Moment am Café vorbeikam, als die Darbietung ihrem Höhepunkt zustrebte? Er zwängte sich durch einen Seiteneingang, und sofort machten ihm die anwesenden Mönche aus dem Namgyal-Kloster einen Platz an ihrem Tisch frei. Er hörte interessiert zu.

Nach Susans hinreißender Vorstellung sang Ewing noch ein paar Lieder. Dann fragte er verschmitzt ins Publikum, ob Franc nicht auch noch etwas vorspielen sollte, bevor der Abend zu Ende ging? Wie abzusehen war das Publikum Feuer und Flamme für diesen Vorschlag.

Ich konnte mich gut erinnern, dass Franc noch vor ein paar Wochen vor ebenjenem Klavier gesessen und sich als musikalische Niete beschimpft hatte. Aufgrund seiner Selbstverachtung war er für den ehrlichen Beifall, den er von allen Seiten erhielt, taub gewesen! Er selbst hatte seinem Glück Grenzen gesetzt, indem er sich einredete, für das, was er mit solcher Leidenschaft tat, nicht gut genug zu sein.

Doch nun war er wie verwandelt. Franc setzte sich ans Klavier und stellte Noten vor sich auf. Ewing blätterte für ihn um, während er eine fehlerlose Darbietung von Mendelssohns anmutigem »Frühlingslied« hinlegte, die ihm stürmischen Beifall einbrachte. Derart ermutigt spielte er Brahms' »Ungarischen Tanz Nr. 3« mit einer Souveränität, als befände er sich in einem der großen Konzertsäle Europas – ein Triumph, der mit stehenden Ovationen belohnt wurde.

Unter donnerndem Applaus schüttelte Ewing ihm freundschaftlich die Hand. »Da capo! Da capo!«, riefen die begeisterten Hörer.

Als sich Franc dem Publikum zuwandte, sah er in die vom Kerzenlicht erhellten Gesichter vieler Gäste, die längst zu Freunden geworden waren, bis dato aber keine Ahnung von seinem verborgenen Talent hatten. Dann fiel sein Blick auf Geshe-la, seinen Lehrer.

Francs Augen füllten sich mit Tränen.

Er bat mit erhobener Hand um Ruhe. »Schon seit meiner Ankunft in Dharamsala wollte ich hier einmal eine Soiree abhalten«, sagte er mit sanfter, aber fester Stimme, sobald der Jubel abgeebbt war. »Von einem solchen musikalischen Abend habe ich immer geträumt. Und lange blieb es auch ein Traum – weil ich der Meinung war, ich wäre nicht gut genug.«

Auf ein kollektives Seufzen der Überraschung folgte eine beinahe greifbare Woge des Mitgefühls. Franc wischte sich eine Träne von der Wange.

»Dieser Abend ist nur einem einzigen Mann zu verdanken. Und ich habe ihn nicht einmal eingeladen, weil ich dachte, ein Konzert wäre nichts für ihn. Nun, er ist trotzdem gekommen.«

Die Köpfe wirbelten zu Geshe-la herum, der Franc mit unendlicher Güte anblickte.

»Geshe Wangpo hat mich die Bedeutung der Selbstakzeptanz gelehrt. Und mir klargemacht, dass das Streben nach Perfektion zum Feind des Guten werden kann. Und dafür, Geshe-la, danke ich Euch von ganzem Herzen.« Francs Mundwinkel zitterten vor Rührung, als er die Hände vor der Brust zusammenlegte. »Ihr habt es mir ermöglicht, wieder Freude am Klavierspiel zu empfinden.«

Erneut applaudierte das Publikum, doch diesmal mit einer anderen Energie – nicht mit dem vorherigen frenetischen Jubel, sondern mit tief empfundener Dankbarkeit. Es war wie eine allumfassende Umarmung.

Geshe-la stand auf und bahnte sich einen Weg zur Bühne. Er nahm Francs Hände in die seinen. Beide verbeugten sich so, dass sich ihre Stirnen berührten. Dieser ganz spezielle, öffentliche Segen erfüllte den ganzen Raum mit außergewöhnlicher Energie. Wir alle waren tief gerührt, ganz als hätten wir persönlich den Segen Geshe-las empfangen. Er forderte uns auf, uns zu akzeptieren, die Last der destruktiven Selbstkritik und alle Einschränkungen, die sie mit sich bringt, abzuschütteln.

Derweil war jedem von uns bewusst, dass wir uns an diesen Moment noch lange erinnern würden.

Der Weg vom Café zum Kloster war nur kurz, führte aber stetig bergauf, sodass ich hin und wieder eine Verschnaufpause einlegen musste. Während einer solchen hörte ich plötzlich die Schritte von Sandalen hinter mir. Ich drehte mich um und sah Geshe Wangpo.

»KSH!«, begrüßte er mich. »Warst du auch auf dem Konzert?«

Er beugte sich vor und streichelte mich; ich schnurrte.

»Soll ich dich nach Hause tragen?«, fragte er.

Dieses Angebot nahm ich nur zu gern an. Am frühen Abend hatte es geregnet, und ich freute mich, dem

Schmutz und der klammen Nässe der Straßen entgehen zu können

Er hob mich hoch. »Ganz wundervoll, was alles möglich wird, wenn wir uns selbst akzeptieren«, sprach Geshe Wangpo weiter. »Außerdem werden wir schneller von anderen akzeptiert, wenn wir nicht ständig schlecht über uns denken.«

Wir traten durch das Klostertor. »Und wir erreichen auch viel mehr, wenn wir positiv denken und selbstsicher sind«, flüsterte er.

Sprach er da etwa von den Flöhen in meinem Geist? Wenn ja, dann sicher nicht, weil sie mich befallen hatten. Sondern weil ich deshalb so hart mit mir ins Gericht gegangen war. Und die Überzeugung gewonnen hatte, mein Meditieren wäre so sinnlos, dass ich es genauso gut bleiben lassen konnte.

»Du solltest deinen Geist beobachten«, sagte Geshe Wangpo. »Und dich von deinen negativen Gedanken lösen. Aber das weißt du ja bereits, nicht wahr?«

Als wir die Ecke des Innenhofs erreichten, von der es nur noch ein paar Schritte bis zu meinem Domizil waren, setzte er mich behutsam ab.

Ja, ich wusste es bereits: Mitgefühl beginnt mit Selbstachtung. Und um sich akzeptieren zu können, muss man alle negativen Gedanken über sich selbst aus seinem Geist verbannen. Was voraussetzt, dass man sich dieser negativen Gedanken zunächst einmal bewusst wird. Das jedoch hatte ich bis heute Abend noch nicht so recht verstanden.

Zum Dank schmiegte ich mich an Geshe-las nackte Fußknöchel. Als er sich umdrehte und zu seinem Quartier ging, hörte ich ihn leise vor sich hin summen – eine Art tibetischer Interpretation der »Ungarischen Tänze« von Brahms.

Ich schlich mich um das Gebäude zu dem Geheimgang, den ich üblicherweise benutzte, als ich ihn wieder roch – diesen ganz besonderen, unbekannten und aufregenden Duft, der mir schon auf der Fensterbank in die Nase gestiegen war. Hier unten war er stärker, sehr viel stärker. Geradezu unwiderstehlich. Er schien aus der Straße zu kommen, in der das Himalaja-Buchcafé lag – nur aus der entgegengesetzten Richtung. Hinter dem Klostertor musste ich mich also nach links wenden anstatt nach rechts. Nicht weit entfernt befand sich ein Garten, in dem ich gelegentlich mein Geschäft verrichtete. Ich war aber schon längere Zeit nicht mehr dort gewesen. Wächst in dem Garten jetzt womöglich eine neue Pflanze, die diesen Geruch verströmt?, fragte ich mich. So oder so, ich musste unbedingt nach der Quelle dieses betörenden Dufts suchen.

Kaum hatte ich diesen Beschluss gefasst, landete ein dicker, fetter Regentropfen auf meiner Nase. Kurz darauf ein zweiter direkt auf meinem Kopf. Eine Windbö fuhr durch die Bäume über mir, deren zitternde Äste weitere Regentropfen auf mich rieseln ließen.

Ich legte die Ohren an, kletterte zu einem Fenster hinauf, das immer einen Spalt offen stand, und sprang schnell ins Haus.

Der geheimnisvolle Duft würde noch etwas warten müssen.

Aber nicht mehr lange, schwor ich mir.

Viertes Kapitel

Findet ihr es nicht auch merkwürdig, liebe Leser, dass wir mitunter eine unerklärliche Abneigung gegen eine uns völlig fremde Person hegen? Normalerweise ist jemand, den wir nicht kennen, einfach nur jemand, den wir nicht kennen – und von dem wir uns ohne positive oder negative Erwartungen anhand seiner Kleidung, Redeweise oder Gestik einen ersten Eindruck verschaffen.

Doch als jene zierliche, ganz in elegantes Schwarz gekleidete Frau im Himalaja-Buchcafé auftauchte, wusste ich sofort, dass es Ärger geben würde. Ihr dunkles Haar war makellos frisiert, und sie bewegte sich mit königlicher Anmut. Sie blieb einen Augenblick im Vorraum stehen und betrachtete das Restaurant mit zusammengekniffenen Augen, als hätte sie auf den ersten Blick erkannt, dass es ihren Ansprüchen nicht genügte.

Davon fühlte ich mich provoziert und in der Ruhe meiner Siesta auf dem obersten Brett des Zeitschriftenregals gestört. Wer war diese schreckliche Frau? Wie konnte sie es wagen, ein so verächtliches Lächeln zur Schau zu stellen?

Ich ließ sie nicht aus den Augen, als sie von einem Kellner freundlich begrüßt und zu einer freien Sitzbank gebracht wurde. Dummerweise im rückwärtigen Teil des Cafés, ganz in meiner Nähe. Die Frau ließ sich auf der äußersten Kante der Sitzfläche nieder, als wäre die Bank ein Misthaufen, mit dem es jeden körperlichen Kontakt zu vermeiden galt. Dann bestellte sie Mineralwasser.

Während sie noch auf ihr Getränk wartete, sah sie sich mit einer Miene um, als wäre sie in einer elenden Kaschemme gelandet. Ich vermutete, dass sie die sechzig bereits überschritten hatte. Sie sah aus, als wäre sie es gewohnt, ihren Willen durchzusetzen. Offenbar waren ihr die sanften Barockmelodien zu klassisch. Die Thangkas an den Wänden zu buddhistisch. Die weißen Leinentischdecken nicht sorgfältig genug gestärkt.

Der Kellner goss ihr mit geübten Bewegungen Sprudelwasser in ein auf Hochglanz poliertes Glas, was die Frau jedoch nur noch stärker anzuwidern schien. Sie warf den Kopf in den Nacken und hielt den Atem an, bis sie kurz davor war zu explodieren.

Dann nieste sie.

Sie kramte in ihrer Handtasche nach einem Taschentuch und schnäuzte sich. Warf dem Kellner, der sie besorgt ansah, einen vernichtenden Blick zu und scheuchte ihn davon, als wäre sie bei sich zu Hause. Ihre Augen füllten sich mit Tränen. Sie holte tief und angestrengt Luft, bevor sie ein weiteres Mal nieste.

Während sie sich das Gesicht trocken tupfte, sah sie sich so empört um, als wäre sie persönlich von den Inhabern des Himalaja-Buchcafés beleidigt worden. Ihr kritischer Blick wanderte von einer Ecke zur anderen, bis er auf mir ruhen blieb. Als ich in ihre dunkelbraunen Augen sah, erkannte ich blanken Hass darin.

Der stets aufmerksame Kusali glitt bereits elegant auf ihren Tisch zu.

»Gesundheit, Madam.« Er verbeugte sich mitfühlend, als sie ein weiteres Mal nieste. »Darf ich …«

»Schaffen Sie dieses … *Ding* hier weg!« Wütend deutete die Frau auf mich. »Ich habe eine Allergie!«

»Darf ich Sie zu einem anderen Tisch bringen, Madam?«, fragte Kusali und deutete auf einen freien Platz vor dem Fenster auf der gegenüberliegenden Seite.

»Ich will … keinen anderen Tisch«, keuchte sie. »Entfernen Sie …« – sie machte eine angewiderte Geste – »… *das!*«

»Ein Platztausch hätte sicherlich denselben Effekt«, bemerkte Kusali.

»Hier ist wahrscheinlich alles voller Katzenhaare!« Sie musste abermals niesen. »Entfernen Sie einfach nur dieses Biest!«, verlangte sie gebieterisch.

Im Laufe der Jahre hatte sich Kusali stets bemüht, seinen Gästen jeden noch so merkwürdigen Wunsch zu erfüllen. Doch diesmal blieb er unerbittlich.

»Unmöglich, Madam«, sagte er.

»Und weshalb?« Die Dame hob verärgert die Stimme.

»Das Zeitschriftenregal ist ihr Stammplatz.«

»Sind Sie von allen guten Geistern verlassen?« Die Frau trompetete in ihr Taschentuch. »Eine Katze ist ja wohl kaum wichtiger als ...«

»Das ist keine gewöhnliche Katze. Sie ist ...«

»Ich möchte den Verantwortlichen sprechen.« Ihre schrille Stimme gellte durchs ganze Restaurant.

Kusali richtete sich zu seiner vollen, recht beeindruckenden Größe auf. »*Ich bin* der Verantwortliche.«

»Dann holen Sie mir den Inhaber.«

Kusali musste nur eine winzige Kopfbewegung machen, und schon standen zwei Kellner neben dem Tisch.

»Madam, ich muss Sie bitten zu gehen.«

»Ich bleibe hier, bis ich den Inhaber gesprochen habe.«

Weitere Kellner traten hinzu. Kusali setzte eine strenge, tadelnde Miene auf. Allmählich begriff die Frau, dass sie auf verlorenem Posten war.

»Dieses Lokal ist widerwärtig!« Sie stand auf und überzog das Restaurant, die Kellner und das Management mit einer Salve von Flüchen. Die saftigsten Ausdrücke waren jedoch für uns Katzen reserviert, die sie rundheraus als »Ungeziefer« titulierte.

Noch nie waren im Himalaja-Buchcafé derart harsche Worte gefallen. Und wir ahnten, dass wir die Dame nicht zum letzten Mal gesehen hatten.

Tatsächlich: Vor der Tür drehte sie sich noch einmal um und fuchtelte mit dem Zeigefinger vor Kusalis Nase herum. »Sie werden noch von mir hören!«

Kurze Zeit später verließ auch ich das Himalaja-Buch-café. Obwohl sich Kusali wortreich – und mit einem kleinen Stück Cheddar als Trostpflaster – bei mir entschuldigt hatte, war ich erschüttert und auf unerklärliche Weise tief beunruhigt.

Was nicht nur an der Frau mit ihrer Allergie und ihrer Abscheu vor Katzen lag. Auch die Intensität meiner eigenen Gefühle überraschte mich: Von dem Augenblick an, in dem sie in das Lokal gekommen war, hatte ich eine starke Abneigung gegen sie verspürt. Ich hatte gar nicht gewusst, dass ich überhaupt zu solchen Empfindungen fähig war.

Auf den ersten Blick schien diese Abneigung völlig unbegründet. Aus den vielen Gesprächen, die ich im Laufe der Jahre mitgehört hatte, wusste ich jedoch, dass es eine Wirklichkeit jenseits des ersten Anscheins gibt. Eine Dynamik, die meine Gefühle in diesem Augenblick womöglich erklären konnte.

Auf unverhoffte und höchst unwillkommene Weise schien mich an diesem Nachmittag etwas aus meiner entfernten Vergangenheit heimgesucht zu haben.

❧

Die Macht der Gewohnheit führte mich ins Namgyal-Kloster zurück. Ich wollte gerade den Innenhof durchqueren, als ich eine Gestalt bemerkte, die einsam auf einer Bank unter der Zeder neben dem Klostertor saß. Ich traute meinen Augen kaum: Yogi Tarchin bekam man nur selten zu Gesicht. Die meiste Zeit lebte er in strikter Abgeschiedenheit. Ihn hier im Innenhof des Namgyal zu erblicken war wirklich außergewöhnlich. Und noch dazu ausgerechnet heute – ein geradezu unglaublicher Glücksfall.

Obwohl Yogi Tarchin kein Mönch war, wurde er allenthalben für seine Meditationsfähigkeiten bewundert. Man erzählte sich unglaubliche Geschichten über ihn. Angeblich war er seinen Schülern im Traum erschienen und hatte ihnen Ratschläge gegeben, die ihnen später das Leben retteten. Es gab nur wenige Dinge aus der Vergangenheit, der Zukunft oder in den Köpfen anderer, die Yogi Tarchin nicht wusste.

Aber so inspirierend die Geschichten über ihn auch sein mochten, in Fleisch und Blut war Yogi Tarchin noch viel inspirierender. Man *spürte* seine Präsenz, genau wie die des Dalai Lama. Man lernte ihn nicht kennen, sondern wurde von seiner Präsenz berührt: einer Aura tiefer Gelassenheit, die weit über seine körperliche Gestalt hinausreichte und alle in der Umgebung erfasste.

Ich hatte Yogi Tarchin über Serena kennengelernt – die Trincis waren seit Langem mit ihm befreundet und hatten ihn während seiner vielen Retreats finanziell unterstützt. Obwohl ich Serena einfach nur begleitete, als sie ihn damals besucht hatte, schien unser Zusammentreffen kein Zufall zu sein. In der Nacht nach unserer Begegnung hatte ich jenen bemerkenswerten Traum, in dem ich von meinem früheren Leben als Hund des Dalai Lama erfuhr.

An diesem Abend trug Yogi Tarchin ein Hemd im selben Farbton wie der flüssige Bernstein der Nachmittagssonne, dazu eine braune Hose und Sandalen an den überkreuzten Füßen. Sein altersloses Gesicht strahlte, und der graue Schnurr- und Kinnbart verlieh ihm das Aussehen eines orientalischen Weisen. Die braunen Augen waren der Spiegel seines heiteren Wesens.

Sobald ich ihn erblickte, machte mein Herz einen Freudensprung – was ich mir selbstverständlich nicht anmerken ließ. Dafür sind wir Katzen viel zu vornehm und distinguiert. Stattdessen schlich ich zu einem Torpfosten, schnupperte vorsichtig daran, ging schließlich zu der Zeder hinüber, ohne dem Yogi vorerst Beachtung zu schenken, und strich um die Holzbeine der Sitzbank.

Natürlich versuchte Yogi Tarchin nicht, mich zu sich zu locken. Dafür war er zu klug. Er saß einfach nur da und ließ die Hand über die Bank baumeln. Nach einer angemessenen Zeitspanne strich ich wie zufällig an seinen Fingern entlang. Er hob mich vorsichtig auf seinen Schoß, auf dem ich es mir sogleich bequem machte. Dann massierte er mir mit den Fingernägeln die Stirn – ganz so, wie ich es mag. Ich schnurrte laut.

»Schöner Tag, nicht wahr?«, murmelte Yogi Tarchin. »Hier in diesem schönen Innenhof einen perfekten Nachmittag zu genießen, ist doch um Vieles besser als jede Grübelei.«

Ein wahres Wort. Einfach nur auf seinem Schoß zu sitzen, brachte mich mühelos ins Hier und Jetzt zurück. Weit weg von dem unangenehmen Vorfall im Café. Durch die tiefgrünen Zedernblätter betrachtete ich die im Sonnenlicht glitzernden Gipfel des ewigen Himalajas und den klaren azurblauen Himmel darüber.

Das Hier und Jetzt. Welche Zufriedenheit man doch darin finden konnte! Warum sie sich durch Nachdenken verderben?

In den letzten Wochen hatte ich regelmäßig meditiert, obwohl mich die Flöhe in meinem Geist auch jetzt noch gelegentlich plagten. Manchmal schienen sie allerdings schon etwas weniger aggressiv zu sein. Und wenn es mir hin und wieder gelang, mich trotz ihrer Anwesenheit auf meinen Atem zu konzentrieren, war ich einen flüchtigen Augenblick lang sogar völlig von ihnen befreit. Auch hier, auf Yogi Tarchins Schoß, störten sie mich kaum.

Ich weiß nicht, wie lange ich so dasaß, ganz dem Zauber des Augenblicks verhaftet. Jedenfalls holte mich plötzlich keine andere als Serena in die Welt der Gedanken zurück. Mit verschränkten Armen und finsterer Miene marschierte sie auf der anderen Straßenseite zum Café hinunter. So angespannt hatte ich sie in den letzten Monaten schon öfter gesehen. Wo sie nur gewesen sein mochte?

Sie ließ den Blick durch den Innenhof schweifen. Als sie uns dort sitzen sah, änderte sich nicht nur ihre Miene, sondern auch ihre Marschrichtung schlagartig. Sie überquerte die Straße, eilte durch das Tor auf uns zu und legte die Hände vor dem Herzen zusammen.

»Rinpoche!«, begrüßte sie Yogi Tarchin lächelnd und mit einer kleinen Verbeugung. »Noch ein Rinpoche!«, sagte sie zu mir, als sie sich neben uns setzte.

»Wir haben schon auf dich gewartet«, sagte Yogi Tarchin kichernd. Wie bei so vielem, was die erleuchteten Meister von sich gaben, konnte man unmöglich sagen, ob er es ernst meinte. Rein zufällig schien das Zusammentreffen jedoch nicht zu sein – schließlich hatte ich ihn noch nie im Innenhof gesehen, geschweige denn auf dieser Bank. Daher vermutete ich, dass er nicht ohne Grund hier war.

»Du bist wohl sehr beschäftigt?«, fragte er und deutete mit dem Kinn in die Richtung, aus der sie gekommen war.

Serenas Miene verfinsterte sich wieder. Sie sah eine Weile zur Seite, bis sie zu der Einsicht gelangte, dass man Yogi Tarchin nichts vormachen konnte.

»O Rinpoche!«, sagte sie, und man konnte ihr die Sorgen, die sie umtrieben, deutlich ansehen. »Eigentlich dürfte ich dich ja nicht wie einen Therapeuten behandeln, aber ich weiß einfach nicht mehr weiter!«

Yogi Tarchin streckte die Hand aus und drückte ihr besänftigend den Arm. »Deshalb bin ich doch hier«, sagte er und fuhr fort, mich zu kraulen. Seine Bemerkung schien auch auf mich gemünzt. Ich war gespannt, was an diesem warmen Nachmittag noch alles passieren würde. Yogi Tarchins Rat steckte immer voller tiefer Einsichten.

»Geht es um deinen Maharadscha?«, fragte er mit sanfter Stimme.

Sie nickte. »In vielerlei Hinsicht ist unsere Beziehung ... perfekt«, brachte sie schließlich heraus. »Er und seine hübsche Tochter Zahra ... es hat wirklich ganz so ausgesehen, als könnte aus uns eine richtige kleine Bilderbuchfamilie werden.«

Sie nahm ein Taschentuch aus der Handtasche und wischte sich über Augen und Gesicht.

»Sid hat mich gefragt, ob ich mit ihm zusammenziehen möchte. Nicht in das Haus, in dem er derzeit wohnt; er will nicht, dass wir im Bürogebäude leben. Daher hat er gleich hier in dieser Straße eine Villa gekauft.« Sie deutete in die Richtung.

Dabei spitzte ich die Ohren. Wie weit von hier entfernt?, fragte ich mich.

»Eigentlich hätten die Renovierungsarbeiten in wenigen Monaten abgeschlossen sein sollen. Aber dann wurde aus ein paar Monaten ein halbes Jahr. Ich war enttäuscht, doch ich fand mich damit ab. Die Bauarbeiten dauerten eben länger.

Doch dann gingen auch noch andere Dinge schief. Lange geplante Unternehmungen zu dritt wurden abgesagt oder verschoben. Gerade war ich oben beim Haus, und jetzt heißt es, dass es *noch mal* ein halbes Jahr dauert, bis die Renovierung beendet ist! Angeblich müssen irgendwelche Armaturen im Ausland bestellt werden. Jedes Mal höre ich eine andere Ausrede, wenn mir die Arbeiter nicht gleich völlig aus dem Weg gehen. Da ist doch was faul. Mein Bauchgefühl sagt mir, dass mehr dahintersteckt. Und jetzt habe ich schreckliche Angst, dass irgendwie ein Keil zwischen mich und Sid getrieben werden könnte.«

Yogi Tarchin nickte bedächtig. »Meine Liebe, dein Bauch könnte recht haben.« Er sah ihr in die Augen.

»Vielleicht solltest du einfach nur zusehen, wie sich die Dinge entwickeln. Du kannst eine Rosenknospe nicht zwingen, sich zu öffnen, indem du an ihren Blütenblättern zerrst. Manchmal muss man einfach abwarten, dass die Natur ihren Lauf nimmt und das Gegenüber die Realität mit eigenen Augen erkennt.«

Es folgte eine lange Pause, in der sie über diese Worte nachdachte. Yogi Tarchins Rat war Gold wert – bisher hatte sich alles, was er ihr jemals gesagt hatte, als richtig erwiesen.

Endlich schüttelte sie den Kopf. »Warum jetzt?«, fragte sie. »Warum ausgerechnet zu diesem Zeitpunkt? Ist das Karma?«

»Selbstverständlich. Ursache und Wirkung. Aktion und Reaktion.«

»Aus einem früheren Leben?«

»Die meisten Dinge haben ihre Ursache in früheren Leben. Und die Ursachen, die wir in diesem Leben schaffen, werden in zukünftigen Früchte tragen.«

»Aber das kommt mir alles so … sinnlos vor«, meinte sie in einem Anfall von Verzweiflung.

»Wie meinst du das?«

»Wir gehen durch die Welt und schaffen Ursachen für zukünftige Ereignisse, ohne uns dessen überhaupt bewusst zu sein. Und wenn die Ereignisse dann eintreten, wissen wir nicht, weshalb, weil wir nicht mehr dieselben Wesen sind, die sie verursacht haben.«

Serena hatte eine Frage ausgesprochen, die mich seit jenem bemerkenswerten Traum ebenfalls beschäftigte.

Ich sah auf. Yogi Tarchin warf den Kopf zurück, kniff die Augen zusammen und lachte. Irgendetwas fand er anscheinend rasend komisch.

»Was?«, fragte Serena nach einer Weile. Ein Lächeln umspielte ihre Mundwinkel, während sich gleichzeitig ihre Stirn in Falten legte.

»Wie du das ausgedrückt hast – einfach köstlich!«, brachte er kichernd hervor.

»Aber es stimmt doch, oder?«

Er nickte und wischte sich mit dem Handrücken über die Augen. »Ja, ja. Ein anderes Wesen, aber dasselbe geistige Kontinuum. Dieselbe Energie. Man kann Energie weder erzeugen noch vernichten. Und da das Bewusstsein ebenfalls Energie ist, kann auch es nicht vernichtet werden. Sicher, es ändert seine Form, aber es war und ist immer da.

Dieses vorübergehende Phänomen, das wir ›Ich‹ nennen, diese konstruierte Persönlichkeit mit unserem geistigen, ursprünglichen Bewusstsein zu verwechseln ist der größte Fehler, den wir Menschen begehen können. Wir handeln ausschließlich im flüchtigen Interesse dieses vergänglichen ›Ichs‹ und schrecken dabei nicht einmal davor zurück, anderen zu schaden. Wir glauben, dass unsere Handlungen keine Auswirkungen hätten, nur weil sie sich nicht auf dieses vergängliche ›Ich‹ auswirken.

Aber wenn man einen Schritt zurücktritt und die Zeit von einer höheren Warte aus betrachtet, begreift man, dass eine menschliche Lebensspanne nicht mehr ist als das.« Er schnippte mit den Fingern. »Und nun, weil nicht gleich eine Wirkung eintritt, heißt das noch lange nicht, dass es gar keine gibt. Jede Handlung wirkt sich irgendwie aus. Und wie könnte eine negative Handlung jemals einen positiven Effekt haben? Oder eine positive Handlung negative Resultate zeitigen?

Was bleibt, wenn das Bewusstsein von einem Leben ins nächste fließt, ist nicht diese konstruierte Persönlichkeit, es sind auch nicht Intelligenz, Erinnerungen, religiöse Überzeugungen oder die Herkunft. Nicht einmal die Spezies.«

Bei diesem letzten Punkt wurde ich besonders hellhörig.

»Wenn ich sterbe«, fuhr er fort, »wirst du mich nie wiedersehen. Das ist das Ende der Yogi-Tarchin-Erfahrung. Aber bedeutet das, dass mein Leben nutzlos war?«

Nun war er wieder beim Thema angelangt und sah Serena in die Augen.

»Nein.« Er schüttelte den Kopf. »Im Gegenteil. In diesem Leben erschaffen wir die Ursachen für alles, was unserem Bewusstsein in der Zukunft widerfahren wird. Besonders das Leben als Mensch eröffnet einem die einmalige Gelegenheit, nicht nur unzählige Ursachen für zukünftige positive Erfahrungen zu schaffen, sondern sich auch – was noch wichtiger ist – aus dem Kreislauf von Geburt, Alter und Tod zu befreien.«

Serena hörte aufmerksam zu. »Nur wenige Menschen wissen überhaupt, dass sie in diesem Kreislauf gefangen sind.«

Er nickte. »Und diese Lehre sollten wir nicht als selbstverständlich betrachten. Den Dharma überhaupt hören zu können ist schon etwas Außergewöhnliches und setzt ein besonderes Karma voraus. Und sich für diese Lehren erwärmen und sie auch in die Praxis umsetzen zu können ist ein noch viel seltener Segen! Ihr aber habt euch ja glücklicherweise dem Dharma hingegeben, du und deine kleine Schwester.«

Serena streckte die Hand aus, um mich zu streicheln, was ich mit einem Heben des Kopfes quittierte. Yogi Tarchin nannte mich nicht zum ersten Mal »kleine Schwester«. Schon als ich ihn seinerzeit in Serenas Begleitung kennenlernte, hatte er exakt diese Worte gebraucht.

»Soll das heißen, dass ich in einem früheren Leben eine Katze war?«

Yogi Tarchin lachte. »Meine liebe Serena, du warst schon alles. Wie wir alle. Wie jedes mit Bewusstsein ausgestattete Wesen – nicht nur hier auf Erden, sondern im ganzen Universum.«

»Nun«, sagte Serena nach einer Pause, »das relativiert meine Probleme mit Sid natürlich etwas.«

Yogi Tarchin rutschte auf der Bank herum. »Ich verstehe deine Besorgnis«, sagte er. »Aber du musst den Dingen ihren Lauf lassen.«

»Danke, Rinpoche.« Serena klang überaus erleichtert. »Und in der Zwischenzeit soll ich mich wohl in Geduld üben?«

»Ganz genau.« Er nickte. »Und in Achtsamkeit. Darin, im Hier und Jetzt zu sein. Zusammen mit einem alten Freund und deiner kleinen Schwester unter einem Baum den warmen Nachmittag zu genießen. Lass die innere Unruhe los und *sei* einfach. Achte auf alle sechs Sinne.«

Einige Tage später erschien nach der Mittagszeit ein untersetzter Inder in dunklem Anzug im Himalaja-Buch-café. Er trug eine dicke Hornbrille auf der Nase und ein Klemmbrett in den Händen. Als Serena auf ihn zuging, um ihn zu begrüßen, stellte er sich als Inspekteur des örtlichen Gesundheitsamtes vor. Unangekündigte Kontrollen dieser Behörde waren zwar selten, kamen aber gelegentlich vor. Und angesichts der gut organisierten Abläufe in der Küche glaubte Serena, nichts befürchten zu müssen.

»Bitte hier lang«, sagte sie und wies dem Mann den Weg. »Ich zeige Ihnen die Küche und die Lagerräume.«

»Madam, was ich eigentlich begutachten will, sind die Gasträume.«

Serena hielt inne und machte große Augen. Dann ließ sie den Blick über die makellosen weißen Tischdecken bis zu den blitzblank geputzten Fenstern gegenüber schweifen. Wie jeden Morgen war der Boden auch heute gründlich gesaugt und gewischt worden. Im Restaurant herrschte eine beinahe tempelähnliche Atmosphäre: Das edle Ambiente im Zusammentreffen von Ost und West war einer der Hauptgründe, weshalb sich das Café seit seiner Eröffnung besonders unter den Touristen großer Beliebtheit erfreute.

»Aber hier ist doch alles in bester Ordnung«, sagte sie verblüfft, während Kusali neben den beiden erschien.

»Uns liegt eine Beschwerde vor«, sagte der Inspektor.

Serena und Kusali wechselten einen Blick. Natürlich hatte Kusali Serena und Franc von dem »Vorfall« erzählt, der sich vor ein paar Tagen ereignet hatte. Er hatte ihnen nicht verschwiegen, dass er die betreffende Dame – ganz untypisch für ihn – vor die Tür gesetzt hatte. Und auch die Drohung der Frau, man werde noch von ihr hören, hatte er erwähnt.

»Hygienemängel. Seuchenrisiko. Schädlingsbefall. Gefährdung für Asthmakranke. Und …«, der Inspektor räusperte sich, »… eine *Katze* im Speisebereich?«

Der Inspektor ließ den Blick über die Tische schweifen, ohne mich zu bemerken. Erst als er ein paar Schritte ins Restaurant machte und sich nach links wandte, fiel ihm die Treppe zum Buchladen ins Auge. Und das Zeitschriftenregal daneben, in dem ich auf meinen Pfoten saß und mit der unergründlichen Miene einer Sphinx alles beobachtete.

Mit triumphierendem Blick wirbelte der Inspektor zu Serena und Kusali herum. »Nach Paragraf 1635b der Gaststättenverordnung ist die Haltung von Nutzvieh und anderen domestizierten Tieren in Gasträumen verboten.«

»Nun, sie wird hier ja nicht *gehalten*«, sagte Serena, deren Wangen rot anliefen. »Sie ist nur zu Besuch.«

»Schon möglich. Aber ich wurde zu einer Inspektion hierherbestellt, und nun finde ich genau an der Stelle eine Katze vor, an der sie mir gemeldet wurde«, erklärte der Inspektor pedantisch. »Rein technisch gesehen muss ich nach Paragraf 1635b ...«

»Rein technisch gesehen? Das ist doch lächerlich!«, protestierte Serena.

Womit sie sich ins eigene Fleisch schnitt.

»Madam.« Der Inspektor senkte den Kopf und warf ihr über die Ränder seiner Hornbrille einen äußerst strengen Blick zu. »*Rein technisch gesehen*« – er sprach die Worte mit übertriebener Betonung aus – »sind diese Vorschriften von höchster Wichtigkeit.«

»Wer hat die Beschwerde eingereicht?«, wollte Serena wissen.

»Diese Auskunft darf ich Ihnen nicht erteilen.«

»Nun, dann prüfen Sie erst mal die Glaubwürdigkeit der Dame. Sie müssen sich den Gastraum ja nur ansehen.« Sie machte eine energische Geste, die den gesamten Raum einschloss. »Das ist eines der schönsten, wenn nicht gar *das* schönste Lokal in Dharamsala. Und was die Hygiene angeht ...«

»Was ersteren Punkt angeht, könnten Sie recht haben«, pflichtete ihr der Inspektor bei. »Aber die Katze ...«

»Sir, dürfte ich fragen, ob Ihre Behörde im Besitz der Baupläne dieser Lokalität ist?«, fragte Kusali, der bisher schweigend zugehört hatte, mit beinahe übertriebener Höflichkeit.

»Natürlich.« Der Inspektor wedelte mit dem Klemmbrett. »Ich habe sie sogar hier.«

»Dann sollten Sie einen Blick darauf werfen, bevor wir weiterreden.«

Der Inspektor sah ihn misstrauisch an.

»Ich glaube, damit könnten Sie den städtischen Behörden eine nicht unerhebliche Blamage ersparen, Sir.«

Der Inspektor legte das Klemmbrett ab, zog eine gefaltete Blaupause unter der glänzenden Metallklammer hervor und breitete sie auf dem Tisch aus.

»Wie Sie sehen, endet der Gastraum nach den offiziellen Plänen genau hier.« Kusali fuhr mit dem Finger eine Linie nach. »Und der Buchladen fängt hier an.« Er verstummte und ließ den Inspektor in Ruhe den Plan betrachten. »*Rein technisch gesehen* gehören diese Regale nicht mehr zum Restaurant, sondern zum Buchladen.«

Der Inspektor unterzog die Pläne einer sehr genauen Prüfung und blickte dann zu mir auf.

»Das ist natürlich ein Argument«, gab er kleinlaut zu.

Kusali hatte gewonnen. Serenas Augen blitzten triumphierend. »Außerdem handelt es sich hier nicht um ein domestiziertes Tier«, sagte sie.

»Nicht?«

Genau in diesem Augenblick – ach, liebe Leser, wie selten fügt sich doch alles einmal so nahtlos ineinander – betrat eine fünfköpfige Gruppe japanischer Touristen das Lokal und ging zielstrebig auf mein Zeitschriftenregal zu. Wie so viele, die nach McLeod Ganj kamen, um einen Blick auf den Dalai Lama zu erhaschen, hatten auch sie eine Enttäuschung erlebt. Und sich für die zweitbeste Möglichkeit entschieden: eine Audienz bei der KSH. Die Begeisterung der Touristen war so groß, dass sie ihre Taschen, Kameras und Regenschirme fallen ließen und sich tief vor mir verbeugten.

Der Inspektor des Gesundheitsamts, dessen Autorität von Sekunde zu Sekunde schwand, beobachtete dieses Schauspiel mit Verblüffung. »Wer ist … das?«, fragte er schließlich und deutete auf mich.

»Die Schneelöwin von Dharamsala«, antwortete eine Touristin.

»Rinpoche«, rief die Gruppe im Chor.

»Die Reinkarnation einer sehr heiligen Kreatur«, meinte ein anderer Tourist.

Das hörte ich zum ersten Mal!

»Sie wohnt bei Seiner Heiligkeit, dem vierzehnten Dalai Lama von Tibet«, sagte Serena.

»Man könnte sie also durchaus als heiliges Wesen bezeichnen«, fügte Kusali gleichmütig hinzu, während der Inspektor aus dem Staunen nicht mehr herauskam.

Er trat ein paar Schritte näher an mich heran. »Ein heiliges Wesen …«, wiederholte er.

»Das sich gern im Buchladen aufhält«, fügte Kusali hinzu.

»In der Tat.«

Und so, liebe Leser, kam ich zu einem weiteren Namen. Einem Namen, der bald in die behördlichen Akten eingehen sollte.

Doch in diesem Augenblick forderte etwas ganz anderes meine Aufmerksamkeit: Während der Inspektor mich begutachtete, warf Serena einen Blick auf das Klemmbrett unter der auf dem Tisch ausgebreiteten Blaupause. Der Name, den sie dort las, ließ sie erbleichen.

Selbst als der Inspektor sich längst verabschiedet hatte, stand sie noch unter Schock. Sie nahm Kusali beiseite und berichtete ihm, was sie gesehen hatte. Auf der ersten Seite der eingereichten Beschwerde war der Name der Person zu lesen gewesen, die die Anzeige erstattet hatte: Mrs. Prapti Wazir.

Fünftes Kapitel

Der Tag fing schon schlecht an: Da sich der Dalai Lama auf Vortragsreise in Südkorea befand, wachte ich in einem kalten Bett auf. Und ohne seine mitfühlende Präsenz war meine Welt einfach nicht dieselbe. Ich stand also später auf als sonst und begab mich in die Küche. *Schon wieder* eine Meeresfrüchtemischung aus der Dose! Den fünften Tag in Folge! Seine Heiligkeit hätte mir nie im Leben dasselbe Frühstück zweimal, geschweige denn fünfmal hintereinander serviert – schließlich bin ich eine Katze, die Wert auf Abwechslung legt. Derjenige, der in dieser Woche für das leibliche Wohl der KSH zuständig war, hatte das offenbar nicht begriffen. Aber heute Abend würde der Dalai Lama endlich zurückkehren – keine Sekunde zu früh!

Nach ein paar Bissen der salzigen Pampe wechselte ich zu Trockenfutter. Damit würde ich bis zum Mittag auskommen müssen, wenn man mir im Café ein paar Häppchen der schmackhaften *spécialité du jour* servierte.

An diesem Tag musste Kusali allerdings noch vor der Essenszeit wegen einer dringenden Familienangelegenheit das Lokal verlassen. Und ohne ihren Oberkellner geriet die übrige Belegschaft ins Schlingern. Was einem gewöhnlichen Besucher nicht weiter auffallen mochte. Ich als Stammgast dagegen bemerkte natürlich, dass die Wassergläser nicht so schnell wieder aufgefüllt wurden wie sonst; dass die Gäste einen winzigen Augenblick länger warten mussten, bis sie ihre Bestellung aufgeben konnten; und dass – was für mich weit dramatischer war – nicht gleich mit den ersten Hauptgerichten auch meine Leckerbissen serviert wurden. Dabei gab es ausgerechnet heute *Sole meunière* – eines meiner Leibgerichte.

Kusali war verschwunden und Franc hatte sich in seinem Büro verschanzt. Mich schienen alle vergessen zu haben. Jedes Mal, wenn sich die Küchentür öffnete, ließ mir der Duft, der aus den Töpfen dort aufstieg, das Wasser im Mund zusammenlaufen. Warum fiel das denn niemandem auf? Immerhin war Kusali nicht der Einzige, der mir das Mittagessen servierte. Oft genug trug einer der anderen Kellner die Verantwortung für meine Verköstigung. Das Personal war also bestens mit den Bedürfnissen der KSH vertraut.

Mir blieb nichts anderes übrig, als in wachsender Frustration zu warten. Jedes Mal, wenn ein Kellner ohne meinen Unterteller die Küche verließ, wurde meine Enttäuschung größer.

Was für ein fürchterlicher Tag! Seit dem Aufwachen war so ziemlich alles schiefgegangen, was nur schiefgehen konnte. Ich hätte im Bett bleiben sollen. Ich hätte meine Zähne statt in die widerliche Meeresfrüchte-Pampe in die Knöchel des erstbesten Mönchs schlagen sollen, der mir in der Klosterküche über den Weg lief. Das wäre ihnen eine Lehre gewesen! Und das Personal des Himalaja-Buchcafés war anscheinend nicht in der Lage, mit dem Ausfall eines Mitarbeiters fertig zu werden. Seit sich Kusali von dannen gemacht hatte, rannten sie umher wie kopflose Hühner.

Die Mittagszeit ging vorüber. Die meisten Gäste waren bereits beim Dessert. Allmählich überdeckten Zitronen- und Limonenschwaden den Duft nach Sole meunière. Von der Espressomaschine waberte das Aroma frisch gemahlener Kaffeebohnen herüber. Ich war außer mir vor Wut. War am Verhungern. Mein Magen knurrte laut.

Der Kellner, der die Bestellungen einer deutschen Familie aufnahm, die neben mir auf einer Bank saß, war meine letzte Hoffnung. Die Tochter im Teenageralter wollte die Sole meunière. »Ich bedaure, Miss«, sagte der Kellner. »Die Seezunge war heute sehr beliebt und ist leider aus.«

Aus? Es gab keine Sole meunière mehr? Was, bitte, war denn das hier für ein Saftladen?

Ich verließ das Zeitschriftenregal und stolzierte empört aus dem Café. Dass keiner meinen Abgang zu bemerken schien, hob meine Laune nicht gerade. Niemand geriet über den Anblick der Katze Seiner Heiligkeit in Verzückung. Niemand versuchte, das heilige Wesen mit einem Stück Fisch an seinen Tisch zu locken – oder wenigstens mit einem Klecks Sahne. Die Vorstellung, bis zum Abendessen mit einer Schüssel Trockenfutter auskommen zu müssen, trieb mich zur Verzweiflung. Wie hatte es nur so weit kommen können?

Als ich durch das Tor des Namgyal trat, erblickte ich die Bank, auf der ich kürzlich mit Serena und Yogi Tarchin gesessen hatte. Ich erinnerte mich an die Worte des Meditationsmeisters: Man muss sich seiner Gedanken bewusst werden. Genau dasselbe hatte Seine Heiligkeit während des Fernsehinterviews gesagt. Der Buddhismus lehrt, dass wir uns auf unsere Gedanken konzentrieren sollen, statt ewig darüber nachzugrübeln und uns dadurch zu ihrem Opfer zu machen. Nur so können wir sie loslassen.

Da kam mir plötzlich eine Eingebung.

In den vergangenen Wochen hatte ich weit Schlimmeres durchgemacht als die läppischen Vorfälle von heute. Erst vor zehn Tagen hatte mich ein Wolkenbruch völlig durchnässt, weil ich stundenlang vor einem Fenster ausharren musste, das jemand unbedacht geschlossen hatte. Damals hatte ich den Frust stoisch ertragen. Dank meiner Meditationspraxis war mein Geist ruhig und friedlich gewesen. Ich wusste ja, irgendwann würde sich eine Tür auftun. Genau wie ich jetzt wusste, dass es schlimmere Dinge auf der Welt gab als Meeresfrüchte-Dosenfutter zum Frühstück und ein verpasstes Mittagessen.

Die Erkenntnis, welchen Effekt die Meditation auf meinen Geist gehabt hatte, war eine angenehme Überraschung. Jetzt war ich fast dankbar dafür, nichts von der Sole meunière abbekommen zu haben! Ich hatte mir selbst bewiesen, welch positive Wirkung die Meditation hatte – und diese Einsicht würde die Rückkehr zur regelmäßigen Praxis weitaus einfacher gestalten. In Feierstimmung lief ich durch den Flur im ersten Stock. Aus dem Assistentenbüro drang angeregtes Geplauder, und ich spähte hinein. Da fiel mir auch wieder ein, dass Serena vorbeikommen wollte, um das Festmahl für einen prominenten Gast zu planen: Solange ihre Mutter noch nicht genesen war, übernahm sie diese Aufgabe. Bei Serena und Tenzin saß auch Oliver, der neue Dolmetscher des Dalai Lama.

Obwohl Oliver erst seit einem Monat im Namgyal arbeitete, hatte er sich schnell mit Tenzin angefreundet; insbesondere, seit dieser erfahren hatte, dass Oliver aus Berkshire in England stammte. Als Absolvent der Oxford University war Tenzin ein unverbesserlicher Englandliebhaber. Bald stellte sich heraus, dass sie beide gern BBC hörten, eine Vorliebe für die komischen Opern von Gilbert und Sullivan teilten und große Stücke auf eine korrekte Teezubereitung hielten – was in McLeod Ganj eher selten war. Die drei saßen um die beiden Assistentenschreibtische herum, vor sich ein Teetablett.

»Die Meinung des Arztes überrascht mich nicht«, meinte Oliver. »In der medizinischen Forschung gibt es mehr Studien über Bluthochdruck und Stress als zu irgendeinem anderen Thema.«

»Das wusste ich gar nicht«, sagte Serena.

»Es gibt Dutzende von Untersuchungen angesehener Institute. Und sie alle beweisen: Meditation hat einen gewaltigen Einfluss auf die körperlichen Symptome von Stress. Sie senkt den Blutdruck und verlangsamt die Arterienverkalkung. Sie erhöht den Endorphinspiegel, stärkt das Immunsystem und kurbelt die Produktion von Melatonin an, einem starken Antioxidans, das freie Radikale bekämpft.«

»Freie Radikale«, wiederholte Serena. »Davon hat der Arzt auch gesprochen.«

»Inzwischen liegen auch zahlreiche Forschungsergebnisse vor, die belegen, dass Meditation die Lebenserwartung erhöht.«

»Da wäre es doch toll, ein richtiger Meditationsexperte zu sein«, bemerkte Tenzin wehmütig.

Ich stand in der Tür, wo mich die anderen nicht sehen konnten. Oliver, der auf Chogyals früherem Platz saß, hatte mir den Rücken zugekehrt. Er nickte. »Die meisten Untersuchungen wurden allerdings mit Anfängern durchgeführt.«

»Wirklich?«, fragte Serena ungläubig.

»Nun, eine Studie nur mit erfahrenen Meditationsmeistern durchzuführen hätte wohl auch wenig Sinn«, bemerkte Tenzin. »Schließlich werden es die meisten von uns nie so weit bringen.«

»Stimmt«, meinte Oliver. »Aber selbst Menschen mit geringer Konzentrationsfähigkeit machen durch die Meditation massive Veränderungen durch. Die Wahrheit in Shantidevas Vers über emotionalen Schutz ist nicht schwer zu begreifen.«

»Und wie lautet die?«, fragte Serena.

»Wollten wir die gesamte Erde mit Leder bedecken, um unsere Füße zu schützen, wo könnten wir genügend Leder finden? Denselben Zweck erreichen wir jedoch, wenn wir unsere Füße in Schuhe mit Ledersohlen stecken««, zitierte Oliver.

»Großartig!«, sagte Tenzin. »Dass wir auf Dornen treten, lässt sich manchmal nicht verhindern. Aber wir können verhindern, dass wir uns an ihnen stechen.«

Neugierig kam ich näher. Besser als durch den von Oliver zitierten Vers hätte man meine Erfahrung von heute Morgen nicht beschreiben können. Ich hatte nicht begriffen, dass ich ohne mein gewohntes emotionales Rüstzeug in die Welt hinausgezogen war.

»Wie geht es deiner Mutter?«, erkundigte sich Oliver bei Serena.

»Tag für Tag besser.«

»Und sie meditiert weiterhin?«

»Mit großem Engagement.«

»Exzellent!«

»Allmählich findet sie sogar Gefallen daran. Was ihr aber auch wieder Sorgen macht. Immerhin hält sie das Meditieren für eine buddhistische Praxis und sich selbst für katholisch – wenn auch ein wenig vom Glauben abgefallen.«

Oliver kicherte.

»Und obwohl Seine Heiligkeit sie immer wieder dazu ermuntert, dieser Tradition treu zu bleiben, glaubt sie, dass man sie …«

»… still und heimlich zum Buddhismus bekehren will«, vollendete Oliver ihren Satz.

»Genau!«

»Nun, darüber muss sie sich keine Sorgen machen. Die Buddhisten haben die Meditation nicht gepachtet. Auch in christlichen Mönchsorden wie den Franziskanern oder den Benediktinern werden verschiedene Arten der Meditation praktiziert. Außerdem gibt es säkulare Formen wie etwa die Transzendentale Meditation oder die Achtsamkeitsmeditation, die überhaupt nichts mit Religion zu tun haben.«

»Aber im Buddhismus ist die Meditation doch ein zentrales Element, oder?«

»Selbstverständlich.«

»Warum eigentlich?«

Oliver lehnte sich zurück. »Im Buddhismus geht es um das Verständnis unserer wahren Natur. Was und wer wir wirklich sind. Mit ein paar hochtrabenden Theorien kommt man in dieser Frage nicht weit. Man muss es für sich selbst herausfinden. Und das ist nur möglich, wenn man seinen Geist darin übt, auch die feinsten Nuancen des Bewusstseins unmittelbar zu erfahren.«

Serena nickte. »Erst letzte Woche hat Geshe-la darüber gesprochen, wie wichtig diese Erkenntnis ist.«

»Und das zu Recht«, pflichtete Oliver bei. »Ich kenne Leute, die viele Vorträge gehört und tonnenweise Bücher gelesen haben, umfassendes Wissen der buddhistischen Lehren besitzen und sie auch gut erklären können. Aber dann jammern sie immer: ›Irgendwie drehe ich mich ständig im Kreis‹ oder ›Ich komme kein bisschen weiter‹. In den meisten Fällen liegt die Lösung des Rätsels darin, dass sie nicht meditieren. Und ihr Verständnis daher nur oberflächlich ist.«

Der Tee hatte fertig gezogen. Tenzin nahm den aus lachsrosa Wolle gestrickten Teewärmer von der verbeulten silbernen Kanne. Nachdem er sie dreimal ehrfürchtig erst nach rechts und dann nach links geschwenkt hatte, goss er den Tee durch ein Sieb in drei Tassen.

»Oliver, dass auch Christen meditieren, muss ich Mama unbedingt erzählen«, sagte Serena und nahm ihre Tasse entgegen. »Das wird sie beruhigen.«

Oliver nickte. »Ich weiß noch, dass ich als junger Mann einmal in einem Benediktinerkloster meditiert habe. Und im Rahmen einer Quäkerandacht. Dad hat mich dort überallhin mitgenommen, damit ich die verschiedenen Konfessionen kennenlernen konnte.«

»Dein Vater war Buddhist?«, fragte Tenzin.

»Aber nein!« Oliver kicherte. »Pfarrer. Bis heute. Ich wurde ganz im Sinne der anglikanischen Kirche erzogen.«

»Interessant!« Serena hob die Augenbrauen.

»Drei Gottesdienste sonntags, dazu alle möglichen Feier- und Festtage. Ich lernte Bibelverse auswendig. Jeder dachte, ich würde in die Fußstapfen meines Vaters treten.«

»Aber stattdessen …?«, hakte Tenzin nach.

»Stattdessen habe ich Sprachen studiert, unter anderem auch Sanskrit. Und dabei erwachte mein Interesse für den Buddhismus.«

»Und was haben deine Eltern dazu gesagt?«, fragte Tenzin.

»Das ging ja nicht von heute auf morgen. Sie hatten also genug Zeit, sich mit dieser Vorstellung anzufreunden. Und wenn ich heute meine Eltern besuche, finde ich die Hälfte meiner buddhistischen Bibliothek auch im Arbeitszimmer meines Vaters wieder. Merkwürdig, oder? Er durchforstet die Bücher nach Ideen für seine Predigten.«

Während die drei lachten, beschloss ich, im Büro nach einem Nachmittagsimbiss Ausschau zu halten. Ich betrat den Raum und schlich hinter Chogyals Stuhl, auf dem jetzt Oliver saß.

»Vermisst du das nicht gelegentlich?«, fragte Serena.

»Was, die anglikanische Kirche?«, fragte Oliver. »Eigentlich nicht. Was mir als frischgebackenem Buddhisten am meisten gefehlt hat, war die Musik. Diese großartigen Orchesterwerke. Und die Chormusik – ganz besonders die aus dem Barock. Selbst einige der Kirchenlieder, weil sie zu meinen ersten Erinnerungen gehören. Musik hat eine unglaubliche Macht. Wie sie Bewusstsein mit Energie verbindet … das ist beinahe schon Zauberei. Unterschiedliche Musik transportiert auch unterschiedliche Schwingungen, und bereits einfaches Zuhören kann deine Energie beziehungsweise Stimmung verändern.

Als ich anfing, den Dharma zu praktizieren, kam es mir so vor, als hätte ich all dem den Rücken gekehrt, doch mit dem tieferen Verständnis des Buddhismus lernte ich auch diese heilige Musik wieder zu schätzen. Denn was ist sie im Grunde anderes als ein Versuch, das Unausdrückbare auszudrücken?«

Die dem Horizont zueilende Spätnachmittagssonne spiegelte sich in einem Fenster gegenüber und tauchte den Raum in einen unwirklichen Lichtschimmer. Jetzt war klar, weshalb der Dalai Lama Oliver zu seinem neuen Dolmetscher gemacht hatte. Nicht nur, dass er Tibetisch, Englisch und ein halbes Dutzend anderer Sprachen beherrschte, er verfügte auch über einen scharfen Verstand – und hatte kein Problem damit, Brücken zwischen Ost und West, zwischen Christentum und Buddhismus sowie der äußeren und der inneren Realität zu schlagen. Oliver übersetzte nicht nur Worte. Er war auch in spiritueller Hinsicht mehrsprachig.

»Daher muss ich diese Musik jetzt nicht länger vermissen«, fuhr er fort. »Denn als Quell großer Freude ist sie in mein Leben zurückgekehrt.«

Während Serena und Tenzin gebannt lauschten, sprang ich auf den Schreibtisch und näherte mich dem Tablett. Ich beugte mich darüber und stellte erfreut fest, dass mehr als nur ein paar Tropfen Milch im Kännchen verblieben waren. Ich setzte ich mich demonstrativ vor Serena, blickte sie an und miaute leise.

Den drei Menschen schien das zu gefallen.

»Ach, KSH, möchtest du auch etwas?«, fragte Serena überflüssigerweise und wandte sich Tenzin zu. »Darf sie denn …?«

»Bis dato nicht.« Tenzin stand auf und schob einen Brief mit dem Wappen des Kensington Palace darauf zur Seite, um Platz für eine Untertasse zu schaffen. »Aber irgendwann ist ja immer das erste Mal.«

»Ein sehr höfliches Miauen«, bemerkte Oliver und nippte an seinem Tee.

»Rinpoche ist ja auch eine wohlerzogene Katze«, sagte Serena und beugte sich vor, um mich zu kraulen.

»Rinpoche?«, fragte Oliver neugierig. »Ich dachte, sie wäre die KSH?«

»Ach«, sagte Tenzin kichernd, »sie hat viele Namen. Seine Heiligkeit zum Beispiel nennt sie Schneelöwin. Das ist sein ganz persönlicher Kosename für sie.«

»Und für meine Mutter ist sie die schönste Kreatur auf Erden. In der Yogaschule des Herabschauenden Hundes verehrt man sie als Swami.«

»Swami?«, fragte Tenzin überrascht. »Das wusste ich ja noch gar nicht.«

Ich hörte seiner Stimme an, was er gerade dachte, und warf ihm einen warnenden Blick zu. Es gab nämlich noch einen Namen, liebe Leser, der mir gleich nach meiner Ankunft im Namgyal-Kloster verliehen worden war. Und dieser Name gefiel mir ganz und gar nicht. Er war mir in ebendiesem Büro vom Chauffeur Seiner Heiligkeit – einem äußerst ungehobelten Kerl, wie ich hinzufügen möchte – verpasst worden. Ein Spitzname, der meine schlimmsten Seiten zum Ausdruck brachte und zuverlässig für Hohn und Spott auf meine Kosten sorgte.

Tenzin verstand meine Warnung und setzte sein Diplomaten-Pokerface auf. »Swami ...«, wiederholte er. »Da habe ich schon Schlimmeres gehört.«

»Nun, denjenigen, die uns besonders am Herzen liegen, geben wir oft mehrere Namen«, sagte Oliver. Ich sah zu ihm hinüber und bemerkte das gutmütige Funkeln in den wachen Augen hinter seinen Brillengläsern. Da wusste ich, dass ich gut mit Oliver auskommen würde.

»Der Dalai Lama zum Beispiel«, sagte er. »Als er einst den Löwenthron des Potala-Palastes bestieg, wurden ihm auch viele Namen verliehen: Lotos-Donnerkeil. Großer kostbarer Prinz der sanften Stimme. Gewaltiger Redner. Überragendes Wissen. Absolute Weisheit. Der Seinesgleichen sucht. Mächtiger Herrscher dreier Welten. Wunscherfüllendes Juwel. Aber die meisten von uns kennen ihn natürlich als ›Verehrungswürdige Anwesenheit‹.«

»*Kundün*«, sagte Tenzin. Das war der tibetische Begriff dafür.

»Dieser Name passt womöglich am besten«, sagte Serena. »Wenn man in seiner Gegenwart ist, aber auch sonst gelegentlich …«

»… spürt man ihn.« Oliver schenkte ihr einen verständnisvollen, freundlichen Blick.

»Wie schön, dass du jetzt hier im Namgyal bist«, sagte Serena und drückte ihm spontan die Hand. »Dein Vorgänger Lobsang ist ein guter Freund von mir, musst du wissen.«

»Ja, zufällig weiß ich das sogar schon.« Oliver stellte die Tasse ab und schob den Stuhl zurück. »Aber gut, dass du es ansprichst. Gestern habe ich nämlich etwas gefunden, was dich interessieren könnte.«

Sobald er den Raum verlassen hatte, nahmen Tenzin und Serena die Gelegenheit wahr, ihrer Begeisterung für den neuen Dolmetscher Seiner Heiligkeit Ausdruck zu verleihen. Beide waren der Meinung, dass er perfekt hierher passte. Nachdem ich die letzten Milchtropfen aus der Untertasse geleckt hatte, setzte ich mich auf und hob die linke Pfote, um sie zur Vorbereitung auf eine Gesichtswäsche ordentlich zu befeuchten.

Oliver kehrte mit einer kleinen, rechteckigen Kodachrome-Fotografie zurück, die er Serena reichte. Sobald sie sich das Bild ansah, strahlte sie übers ganze Gesicht.

»Ach du liebe Güte! Wo hast du denn das gefunden?«, rief sie.

»Ich habe ein paar der Bücherregale ausgeräumt. Dabei muss es irgendwo rausgefallen sein.«

»Das habe ich ja ganz vergessen …«

Tenzin spähte über ihre Schulter. Auch ich stellte die Körperpflege kurz ein. Das Bild zeigte Lobsang und Serena als Teenager in der Palastküche. Beide trugen Schürzen und schnippelten Gemüse – zweifellos hatte sich ein prominenter Essensgast angekündigt.

»Das ist schon eine Ewigkeit her«, meinte Serena sentimental. »Der liebe Lobsang, hoffentlich geht es ihm gut.«

»Da bin ich mir sicher«, sagte Oliver. »Er ist gerade in Bhutan.«

»Bei seiner Familie?«

»Anscheinend arbeitet er im Dienst der Königin.«

Das ließ mich aufhorchen. Lobsang, der mit der Herrscherfamilie Bhutans verwandt war, hatte auch dafür gesorgt, dass die Königin das kleine Schneekätzchen, meine erste und einzige Tochter, bei sich aufgenommen hatte.

»Tja, das Schicksal geht schon seltsame Wege.« Serena streichelte mich. »Aber dann kann Lobsang ja jetzt ein Auge auf Rinpoches Tochter haben.«

»In Bhutan?«, fragte Oliver.

Serena erklärte ihm die ganze Geschichte, woraufhin mich Oliver anerkennend ansah.

»Ach du lieber Himmel!«, rief er aus. »Die KSH ist die Mutter der königlichen Katze!«

»Vornehmer geht es nicht«, bemerkte Tenzin mit verschmitztem Lächeln, während alle drei aufs Genaueste die Säuberung meiner Ohren studierten.

»Vielleicht ja doch«, grinste Oliver. »Aber wenn, habe ich davon noch nie gehört!«

∞

Seine Heiligkeit kehrte am Nachmittag zurück und empfing schon wenige Minuten nach seiner Ankunft den ersten Gast, den Geschäftsführer einer der bekanntesten Social-Media-Plattformen der Welt. Wie bereits erwähnt, verbietet es mir die Diskretion, Namen zu nennen. Aber ein winzig kleiner Hinweis sei mir gestattet: Auf dem Logo der Firma, die der Mann leitete, ist ein blaues Vögelchen zu sehen, das ganz lieblich *zwitschert*.

Der Gast mit der Stirnglatze und der dunkel gerahmten Brille, der vor Intelligenz nur so zu sprühen schien, ergriff das Wort: »Eure Heiligkeit, der Grund für meinen Besuch ist: Ich möchte Euch als Redner auf einer

Konferenz der größten Unterhaltungstechnikfirmen gewinnen, die nächstes Jahr im Silicon Valley stattfinden wird.«

Ich lauschte vom Fensterbrett aus, wie er diese Messe näher erklärte, die im Jahrestakt nicht nur Vertretern der sozialen Medien und Elektronikartikelherstellern eine Plattform bot, sondern auch Vermittlern beziehungsweise Lehrern der Achtsamkeit.

Sobald der Besucher geendet hatte, streckte der Dalai Lama den Arm aus und nahm seine Hand. »Sagen Sie«, fragte er und sah ihm tief in die Augen, »meditieren Sie selbst auch?«

»O ja, Eure Heiligkeit.«

»Und ermutigen Sie auch die Angestellten Ihrer Firma dazu?«

Der Gast nickte. »Das ist mir ein wichtiges Anliegen, obwohl man natürlich niemanden dazu zwingen kann. Doch wir bieten tägliche Meditationssitzungen in speziellen Ruheräumen an. Und insbesondere unseren kreativen Meetings stellen wir immer zwei Minuten der inneren Einkehr voran.«

»Und warum, wenn ich fragen darf?«, wollte Seine Heiligkeit wissen.

Es war, als hätte er im Kopf des kalifornischen Geschäftsmanns einen ›Wiedergabe‹-Knopf gedrückt.

»Wir agieren in einem der wettbewerbsintensivsten Märkte der Welt. Und in einem der schnellsten!« Seine Augen leuchteten, seine Mimik wurde lebendiger. »Wenn ein neues Produkt auf den Markt kommt, ist es im Grunde schon seit sechs oder gar zwölf Monaten veraltet. Und in unserer Branche zählt nur eins: Innovation! Wir müssen also kreativ sein. Wir müssen die Fähigkeiten unserer Mitarbeiter nach Kräften fördern – damit diese ihrerseits herausfinden können, welche Bedürfnisse die Kunden in Zukunft haben werden, und die perfekte App dafür entwickeln, bevor es ein anderer tut.

Unserer Erfahrung nach« – er schlug einen beinahe predigenden Tonfall an – »sind Menschen, die meditieren, innovativer.«

Der Dalai Lama nickte ernst.

»Ein unruhiger Geist dagegen sieht oft den Wald vor lauter Bäumen nicht.«

Über dieses Thema hatte Seine Heiligkeit schon oft gesprochen. »Wie wenn man ein Glas voll Regenwasser aus dem Gully schöpft«, sagte der Dalai Lama. »Das Wasser ist trüb. Doch stellt man das Glas eine Zeit lang auf eine ebene Fläche, setzen sich die Schwebstoffe ab, und man hat klares Wasser – so klar, dass man sogar hindurchsehen kann.«

»Eine wunderbare Metapher!«, sagte der Besucher erfreut. »Die muss ich unbedingt zu Hause weitergeben. Außerdem sind Menschen, die meditieren, entspannter. Es fällt ihnen leichter, spielerisch und kreativ zu sein – alles im Sinne der Innovation, auf die es in unserer Branche so sehr ankommt.«

Nach kurzem Nachdenken bemerkte der Dalai Lama: »Schon interessant, zu wie vielen verschiedenen Zwecken die Meditation eingesetzt wird.«

»Achtsamkeit in der Praxis ist unserer Schätzung nach für die Hälfte unserer PE – Verzeihung, unserer Produktentwicklung – verantwortlich.«

»Sehr beeindruckend.« Seine Heiligkeit lächelte.

»Und das ist erst der Anfang. Neueste Forschungen zeigen, dass durchs Meditieren die Konzentrationsfähigkeit steigt. Und das ist eine Schlüsselqualifikation. Ob man nun auf einem Kissen sitzt und sich auf seinen Atem sammelt oder vor einem Bildschirm und sich auf seine E-Mails konzentriert – man wird produktiver, lässt sich nicht so leicht ablenken und trainiert sein Gedächtnis.«

»Was auch dem Arbeitgeber zugutekommt«, bemerkte der Dalai Lama mit seinem typischen Kichern. »Mehr Profit.«

»Es ist immer wichtig, was unterm Strich rauskommt«, pflichtete ihm sein Gast bei. »Damit habt Ihr doch kein Problem, oder? Es liegt nicht in unserer Absicht, die Meditationspraxis zu missbrauchen.«

Darüber dachte Seine Heiligkeit einen Augenblick nach. »Am wichtigsten ist ja eigentlich immer die Motivation, nicht wahr? Wenn Sie Ihre Angestellten zur Meditation ermuntern, damit sie zu ihrem eigenen Besten und dem Wohl anderer glücklicher und leistungsfähiger werden, habe ich kein Problem damit.«

»Momentan wird zunehmend darüber diskutiert, ob Unternehmen die Meditation fördern sollten«, sagte der Besucher. »Wobei die Puristen argumentieren, der ›Einsatz‹ einer der spirituellen Weiterentwicklung dienenden Praxis zu Profitzwecken sei ethisch nicht vertretbar.«

»Wenn der Profit das einzige Ziel ist, habe ich tatsächlich ein Problem damit«, sagte der Dalai Lama. »Doch wenn der Profit das Ergebnis einer höheren Kreativität sowie der freien Entfaltung und Zufriedenheit am Arbeitsplatz ist ... dabei kann die Meditation helfen. In Tibet haben wir ein Sprichwort über Meditation und Ethik: ›Wer nicht meditiert, für den ist eine unethische Handlung wie ein Haar, das auf eine Hand fällt. Für einen Meditierenden wäre dieselbe Handlung wie ein Haar, das auf einen Augapfel fällt – großes Ungemach.‹ Wenn man regelmäßig meditiert, entwickelt sich das ethische Bewusstsein ganz von selbst weiter. Was also könnte für internationale Großkonzerne besser sein als eine meditierende Belegschaft? Mir würde es gefallen, wenn die großen global agierenden Unternehmen ihre Angestellten zum Meditieren ermutigten. Das wäre ein gewaltiger Schritt in Richtung Weltfrieden.«

»Genau um solche Themen geht es bei unseren Konferenzen!«, meinte der Besucher. »Die Bedeutung des sozialen Engagements. Glückliche Mitarbeiter erschaffen ein glückliches Gemeinwesen. Es gibt einige sehr interessante Studien, die zeigen, dass Meditation die Zufriedenheit am Arbeitsplatz und die Firmenbindung fördert, während sie gleichzeitig Stress und Burn-out-Risiken reduziert.

Für mich liegt der größte Vorteil jedoch darin, dass die Menschen bei der Arbeit besser miteinander auskommen, weil sie ihre Emotionen stärker unter Kontrolle haben. Für technische oder finanzielle Probleme findet sich gewöhnlich immer eine Lösung. Aber zwischenmenschliche Probleme sind nur schwer in den Griff zu bekommen. Glücklicherweise hat sich herausgestellt, dass sich Mitarbeiter, die, insbesondere im Team, regelmäßig meditieren, von Kleinigkeiten nicht so schnell irritieren lassen.«

»Weniger Anhaftungen.« Der Dalai Lama nickte. »Mehr Offenheit.«

»Genau. Wir drücken das so aus: Eine Firma, die gemeinsam meditiert, geht auch zusammen durch dick und dünn.«

Seine Heiligkeit lachte und nahm erneut die Hand seines Gastes. »Als Werbeträger fürs Meditieren machen Sie einen tollen Job«, meinte er kichernd. Dann wurde er wieder ernst. »Aber wenn ich auf Ihrer Konferenz einen Vortrag halten soll, muss ich auch meine Bedenken zur Sprache bringen dürfen.«

»Bedenken?«

Seine Heiligkeit tat so, als wäre er über ein Smartphone gebeugt und wischte mit den Daumen über einen imaginären Touchscreen. »Zu viel Aktivität und stumpfsinnige Ablenkungen verursachen große geistige Unruhe und vernichten den inneren Frieden. Wenn sich die Menschen zu lange mit ihrem Telefon beschäftigen, werden sie unglücklich.«

In diesem Punkt konnte man dem Dalai Lama wohl nicht widersprechen. Ich sah es ja jeden Tag mit eigenen Augen im Himalaja-Buchcafé: Statt die wunderschöne Einrichtung zu bewundern und Interesse an ihrer Umgebung zu zeigen, saßen die Touristen aus aller Herren

Länder tief über ihre Handys gebeugt da. Sie waren ganz auf Dinge konzentriert, die am anderen Ende der Welt geschahen – oder frustriert, weil sich die Internetverbindung nicht schnell genug aufbaute.

Ich streckte genüsslich die Vorderpfoten, verließ die Fensterbank und spazierte in all meiner flauschigen Pracht über den Teppich auf die beiden Männer zu.

»Das sind gewichtige Argumente«, meinte der Besucher. »Wir müssen uns bei jeder neuartigen Technologie fragen, wie sie am besten eingesetzt werden kann.«

»Motivation«, fasste Seine Heiligkeit zusammen.

»Natürlich.« Angemessen auf meine unerwartete Ankunft zu reagieren und gleichzeitig dem Dalai Lama eine etwas gehaltvollere Antwort zu geben schien den Mann zu überfordern.

»Ein befreundeter Buddhist hat eine App für sein Smartphone entwickelt, die im Laufe des Tages wiederholt zu einem zufälligen Zeitpunkt ein bestimmtes Geräusch macht. Er nennt es den ›Bodhisattva-Alarm‹. Er erinnert ihn daran, das, was er gerade tut, zu hinterfragen.«

Der Dalai Lama hob die Augenbrauen. *Bodhisattva* ist ein Begriff aus dem tibetischen Buddhismus und bedeutet in etwa so viel wie »erleuchtetes Wesen«. Die Idee, sich tagsüber immer mal wieder an die spirituelle Praxis erinnern zu lassen, war nicht neu, ihre Umsetzung als Handy-App dagegen schon.

In diesem Augenblick beschloss ich, mir auch etwas Aufmerksamkeit zu verschaffen. Mit einem vornehmen Miau sprang ich Seiner Heiligkeit auf den Schoß.

Der Besucher beobachtete verblüfft, wie ich ein paar Kreise drehte und die rote Robe zurechtdrückte, bevor ich mich darauf niederließ.

»Das ist mein Bodhi*katz*va-Alarm«, teilte Seine Heiligkeit dem Zwitschermann mit. »Sehr effektiv. Und das Beste: Sie ist ein *Sem Chen*, ein Wesen mit Bewusstsein. Also auch … wie heißt das gleich noch … interaktiv!«

Die beiden kicherten. Ich sah zum Dalai Lama auf und schnurrte.

»Ein sehr netter Klingel- beziehungsweise Alarmton«, meinte der Gast lächelnd.

∞

Sobald uns der Zwitscherchef verlassen hatte, begab ich mich auf meinen frühabendlichen Rundgang durch das Gebäude. Mit hoch aufgerichtetem Schwanz stolzierte ich am Assistentenbüro vorbei, wo Tenzin gerade mit seinem Computer sprach. Dabei musste es sich um die lang erwartete Skype-Konferenz mit dem Vatikan handeln. Meine Neugier war geweckt, daher sprang ich auf den Schreibtisch gegenüber und schlich auf Tenzin zu. Eine körperlose Stimme drang aus den Lautsprechern des Rechners.

»Ich kann gern in seinem Kalender nach einem freien Termin sehen«, sagte der Mann im Anzug, der auf dem Monitor zu sehen war. »Ich bin gleich wieder da.«

»Zufällig muss ich auch mal wohin«, entgegnete Tenzin. »Sollen wir in fünf Minuten weitermachen?«

Ich betrachtete aufmerksam den Bildschirm. Der Mann, der darauf zu sehen war, saß ebenfalls an einem Schreibtisch. Dieser Tatsache hätte ich weiter keine große Beachtung geschenkt, wäre da nicht eine Schnauze am unteren Bildrand erschienen. Lange, ungekämmte Fellsträhnen hingen zu beiden Seiten davon herab, eine große rosa Zunge ragte darunter hervor. Ein Hund, kein Zweifel.

Mir stellten sich die Schnurrhaare auf.

»*Sì, sì*«, meinte der Mann, schob den Stuhl zurück und stand auf.

Ich stellte mich direkt vor den Computer und starrte die Schnauze an. Binnen Sekunden erschien der Hundekopf in voller Größe. Er war so nahe an seinem Bildschirm, wie ich an meinem. Seine großen braunen Augen funkelten verschmitzt.

Vor nicht allzu langer Zeit hätte meine Reaktion auf einen großen Hund – je nachdem, wie weit er entfernt war – aus Furcht oder Verachtung bestanden. Inzwischen hatte ich jedoch gelernt, dass nichts einem Hund mehr Respekt einflößt als eine Katze, die nicht blind ihren Instinkten gehorcht, sondern ruhig und selbstbewusst bleibt.

Außerdem war es ja noch gar nicht so lange her, dass ich selbst ein Hund war.

»Wer bist du?«, fragte ich das große, zottelige Tier freundlich.

Der Hund antwortete mit einer Baritonstimme so dick wie Mrs. Trincis Gulaschsoße. Seinen leicht singenden Akzent konnte ich nur schwer einordnen. »Ich habe viele Namen.«

»Was?« Ich war entsetzt. Das war doch *mein* Spruch. Was erlaubte sich dieser Hochstapler?

»Aber du musst doch einen … offiziellen Titel haben?«, bohrte ich nach.

»Ich bin der HSH«, sagte er mit blitzenden Augen.

»Du machst Witze. Das ist unmöglich!«

»Warum denn?« Er klang ehrlich verwirrt.

»Weil das so klingt wie *mein* Ehrentitel. KSH. Katze Seiner Heiligkeit.«

»Was sagt man dazu!« Er bellte aufgeregt. »Und ich bin der Hund Seiner Heiligkeit.«

Seine überschwängliche Art ging mir einerseits auf die Nerven, andererseits fand ich sie recht unterhaltsam.

»Seine Heiligkeit hat keinen Hund«, sagte ich. Das wusste ich ganz sicher.

»Natürlich hat er einen«, knurrte mein Gegenüber geduldig. »Mich!«

Was sollte ich von dieser struppigen Gestalt halten?

»Wenn du mir nicht glaubst«, fuhr er fort, »dann musst du nur heute Abend den Fernseher einschalten. Gerade haben sie mich gefilmt, das werden sie bestimmt zeigen.«

»Aber heute gab es doch gar keine Fernsehaufnahmen.«

»Doch.«

»Nein.«

»Woher willst du das eigentlich wissen?«

»Ich weiß sehr wohl, was der Dalai Lama so treibt – immerhin bin ich seine Katze!«

»Wer ist denn der Dalai Lama?«

Wollte er mich veräppeln? War das sein spezieller Hundehumor?

Aus meinen saphirblauen Augen warf ich ihm einen stechenden Blick zu. »Der Dalai Lama *ist* Seine Heiligkeit.«

»Ist er nicht! Das ist der Papst.«

Nun hatten wir gleichzeitig ein Aha-Erlebnis.

»Ach so«, sagte ich nach einer Weile. »*Deine* Heiligkeit wohnt also in Rom.«

»Natürlich. Und deine?«

»In Indien.«

»So indisch siehst du aber gar nicht aus.«

»Ich bin ja auch eine Himalaja-Katze. Apropos, du wirkst auch nicht gerade typisch italienisch.«

»Ich komme aus Irland. Ich bin ein Irischer Wolfshund.«

»Schön, damit wäre das geklärt.«

Wir starrten schweigend auf unsere Bildschirme.

»Und …« Der Hund legte seinen Kopf schief und sah mich amüsiert an. »Wie ist deine Heiligkeit so?«

»Großartig! Ich darf sogar auf seinem Bett schlafen«, prahlte ich. Er sollte ruhig wissen, wie nahe ich Seiner Heiligkeit stand.

»Ich auch«, bemerkte der Hund. »Also, das heißt, ich schlafe auf dem Bett *meiner* Heiligkeit.«

»Er lebt sehr bescheiden«, sagte ich.

»Meiner auch.«

»Er meditiert jeden Morgen und liest viel.«

»Meiner auch.«

Sollte das nun ewig so weitergehen?

Ich beschloss, ihn auf die Probe zu stellen. »Und was lehrt deine Heiligkeit so?«

»Liebe und Mitgefühl.«

»Meiner auch«, sagte ich.

Wieder starrten wir uns unsicher an und suchten nach den richtigen Worten. »Ich muss sagen, für eine Katze bist du ziemlich cool«, meinte der HSH schließlich unerwartet großmütig. »Die meisten sind ja recht hochnäsig.«

»Danke, HSH«, schnurrte ich. »Und für einen Hund bist du sehr ...« Ich überlegte, welchen Ausdruck Tenzin wohl in einem diplomatischen Gespräch verwendet hätte, »... charmant.«

Er riss das Maul auf und zeigte mir seine rosa Zunge, was ich allerdings etwas unschicklich fand. »Das muss an meiner irischen Herkunft liegen.«

Sechstes Kapitel

Wie oft, liebe Leser, habt ihr Gelegenheit, eine seltene und kostbare Antiquität aus der Nähe zu betrachten?

Dachte ich mir.

Mir geht es ja ganz ähnlich. Deshalb nutzte ich auch die Gelegenheit, den Dalai Lama eines späten Vormittags über den Innenhof in einen Raum neben dem Namgyal-Tempel zu begleiten. Es galt nämlich, einen Schatz zu begutachten. Seine Heiligkeit hatte mehrere hochrangige Lamas und Klostervorstände zusammengerufen, um gemeinsam mit ihm einen Gast zu empfangen. Dieses morgendliche Treffen schien von größter Wichtigkeit zu sein.

Dem Besucher, einem jungen Mann Anfang zwanzig namens Lobsang Rabten, war erst vor einer Woche die Flucht aus Tibet gelungen. Er war so nervös, dass er keinem der anwesenden Lamas in die Augen sehen konnte, wirkte ausgemergelt und trug zerschlissene Kleidung. Offenbar hatte er, wie die meisten Flüchtlinge, einen beschwerlichen Weg hinter sich. Vor ihm stand auf einem niedrigen Tisch eine abgewetzte Pappschachtel.

Da Seiner Heiligkeit Lobsangs Aufregung nicht entgangen war, bestellte er eine Tasse tibetischen Buttertee für ihn. Dann setzte er sich neben ihn und stellte ihm Fragen über sein Heimatdorf. Sobald der Besucher begriff, dass die Lamas einige der Dorfältesten kannten und der Dalai Lama seinen verstorbenen Vater als Meditationsmeister geschätzt hatte, entspannte er sich etwas. Mein Recht, neben dem Dalai Lama sitzen zu dürfen, wurde übrigens von niemandem in Zweifel gestellt. Schließlich fragte ich mich genau wie die anderen Anwesenden, was sich wohl in der Pappschachtel befinden mochte.

»Nachdem Tibet im Jahre 1959 von den Chinesen besetzt wurde, entfernte mein Vater unseren Hausaltar und richtete stattdessen in einer nahe gelegenen Höhle einen Schrein ein«, erzählte Lobsang, sobald der Buttertee serviert war und die Anwesenheit des Dalai Lama ihre beruhigende Wirkung entfaltet hatte. »In den Bergen, die ihm vertraut waren wie seine Westentasche, kannte er eine Höhle mit einem schmalen, gut verborgenen Eingang, der sich in eine große, trockene Kammer öffnet. Der perfekte Ort für eine Kapelle. Dort stellte mein Vater die Familienstatuen auf und brachte die Thangkas an den Wänden an.

Fünfundsechzig Jahre lang war diese Höhle sein kleiner persönlicher Tempel. Vor ein paar Monaten bebte eines Abends die Erde. Am nächsten Morgen eilte mein Vater besorgt zur Höhle. Bei seiner Rückkehr sagte er, sie habe keine Schäden davongetragen – bis auf einen großen Stein, der aus der Rückwand gebrochen war. Diesen Stein hatte er immer als Regalbrett benutzt, aber nur für Räucherstäbchen und solche Dinge.

Als er sich einige Tage später im Schein einer Taschenlampe noch einmal in der Höhle umsah, bemerkte er einen dunklen Gegenstand in dem Loch, aus dem der Stein gefallen war. Er entdeckte eine Ledertasche mit einer anscheinend uralten Metallröhre darin. Sie war versiegelt.«

Erstmals traute sich Lobsang, dem Dalai Lama in die Augen zu sehen. Dieser schien inzwischen ebenso aufgeregt wie der junge Mönch.

»Mein Vater war überzeugt, dass sich in der Röhre ein seltenes Manuskript oder eine Prophezeiung befand, und entschied auf der Stelle, sie zu Euch zu bringen, Eure Heiligkeit. Leider verstarb er wenige Wochen später. Und ich wollte seinen letzten Wunsch respektieren, deshalb bin ich hier.«

»Dafür sind wir auch sehr dankbar«, sagte der Dalai Lama und legte die Hände vor dem Herzen zusammen.

Seine Heiligkeit und die Lamas fragten den jungen Mann nach der genauen Lage der Höhle, welche Klöster sich in der Nähe befanden und wer noch davon wusste. Ich starrte fasziniert die Pappschachtel an.

Im Laufe der Jahre hatte ich gelegentlich von versteckten Texten – sogenannten *Termas* – gehört. Sie wurden von hellsichtigen Meditationsmeistern verfasst und dann versteckt – im Glauben, dass sie gefunden würden, wenn man ihre Botschaften am dringendsten brauchte. Und sei es auch erst nach Jahrhunderten. Die Vorstellung, dass diese Röhre einen solchen Text enthalten könnte, war überaus faszinierend!

Lobsang entfernte das braune Klebeband, mit dem er die Schachtel verschlossen hatte, und klappte den Deckel auf. Dann nahm er mehrere Lagen Packpapier und Stoff heraus, bis er schließlich einen alten weißen Schal zutage förderte, eine sogenannte *Khata* (»Glücksschal«). Diesen Schal hatte sein Großvater einst dem Vorgänger Seiner Heiligkeit überreicht, dem 13. Dalai Lama. Danach war die Khata um den Hals der wichtigsten Buddhastatue im Höhlenschrein seines Vaters drapiert worden. Trotz seines hohen Alters war der mit Glückssymbolen aus feinen Goldfäden bestickte Schal immer noch blütenweiß. Er bestand offenbar aus bestem Tuch.

In den Schal war eine alte Ledertasche von der Größe einer normalen Plastiktüte gewickelt, die fest mit stabiler Schnur verschnürt war. Der junge Mann hatte leichte Schwierigkeiten mit dem Knoten, doch dann gelang es ihm, das Bündel zu lösen. Als er die Tasche aufklappte, kam ihr Inhalt zum Vorschein.

Im Raum herrschte ehrfürchtiges Schweigen. Alle wussten um die Bedeutung dieses Augenblicks. Der junge Mann griff in die Tasche und zog eine sehr alte Metallröhre heraus. Der Zinn wies keine Rostspuren auf. Nur die Außenkanten hatten sich im Laufe der Zeit schwarz gefärbt. Der Zylinder war in der Mitte mit rotbraunem Wachs versiegelt.

Lobsang verbeugte sich respektvoll und bot dem Dalai Lama die Röhre mit beiden Händen dar. »Bitte nehmt dies an, um den letzten Wunsch meines Vaters zu erfüllen.«

Seine Heiligkeit nahm die Röhre ebenfalls mit beiden Händen entgegen und verbeugte sich so tief, dass sich ihre Stirnen berührten – es war dieselbe Geste der Hochachtung, die Geshe-la kürzlich Franc gewährt hatte. Eine Weile saßen sie Stirn an Stirn da und betrachteten die Metallröhre. Dann richtete sich der Dalai Lama auf, inspizierte sie schweigend und gab sie an einen der Lamas weiter.

»Geshe Lhundup hat die größte Erfahrung in solchen Dingen«, erklärte er Lobsang.

Nun waren alle Augen auf den alten Geshe gerichtet, der die Röhre in den Händen drehte.

»Ob sie womöglich von Guru Rinpoche stammen könnte?«, fragte Lobsang flüsternd.

Der berühmte Weise Guru Rinpoche – auch Padmasambhava genannt – hatte vor über tausend Jahren gelebt. Viele Termas mit versteckten Prophezeiungen gingen auf ihn zurück.

Geshe Lhundup zuckte mit den Schultern. »Wahrscheinlich ist sie jüngeren Datums. Aber ich habe seit Langem keine mehr in so einem guten Zustand gesehen.«

»Können wir sie gefahrlos öffnen?«, fragte ein anderer Lama.

»Ich denke schon.«

Der Dalai Lama bedeutete ihm mit einer Geste, das Siegel zu entfernen.

Geshe Lhundup nahm ein kurzes Messer mit breiter Klinge, eine Streichholzschachtel und eine Kerze aus seiner Werkzeugtasche. Wir beobachteten schweigend, wie er die Kerze anzündete und die Klinge eine Weile über der Flamme erwärmte. Zwei Lamas hielten die Röhre für ihn fest. Das Siegel begann zu schmelzen, sobald es von der heißen Klinge berührt wurde, und schon bald rollte sich der rotbraune Wachskranz zusammen und fiel auf den Boden. Darunter kam die Stelle zum Vorschein, an der die beiden Röhrenhälften ineinander geschoben waren. Geshe Lhundup betrachtete sie eingehend, dann nahm er die Röhre in beide Hände und versuchte, sie zu öffnen – erst behutsam, dann mit etwas mehr Kraft.

»Manchmal muss man erst den richtigen Druckpunkt finden«, erklärte er, bevor er beide Hände an der Schnittstelle um die Röhre legte. Nach längerem Ruckeln und Drehen klickte es hörbar.

Geshe Lhundup sah aufgeregt in die Runde, dann zog er an den Enden der Röhre. Diesmal ließen sich die Hälften auseinanderschieben und in Stoff gewickelte Pergamente kamen zum Vorschein. Er legte das Bündel vorsichtig auf den Tisch und entfernte das Tuch. Nach uralter Tradition waren die Seiten nicht gebunden, sondern wurden von zwei dünnen Holzbrettern zusammengehalten, die als Buchdeckel fungierten. Geshe Lhundup hob das obere Brett an. Auf der Manuskriptseite darunter war tibetische Schrift zu erkennen, vom Alter vergilbt, aber immer noch lesbar.

Es war so still im Raum, dass sein scharfes Einatmen deutlich zu hören war.

Seine Blicke flogen über den Text. Schon bald blätterte er um und las weiter. Schließlich wandte er sich dem Dalai Lama zu. »Ich muss das natürlich noch genauer prüfen, aber ich glaube, der Text stammt aus der Zeit des ›Großen Fünften‹.«

Nach dieser Eröffnung war die Veränderung der Atmosphäre so deutlich zu spüren wie ein Stromschlag. Der »Große Fünfte« war eine andere Bezeichnung für den fünften Dalai Lama, der im siebzehnten Jahrhundert Tibet vereinigt hatte. Er wurde sowohl für seine politischen als auch für seine spirituellen Leistungen verehrt.

»Als die Chinesen 1959 in Tibet einmarschierten, gingen beinahe alle Texte aus dieser Epoche verloren«, erklärte Geshe Lhundup. »Wenn dieses Manuskript wirklich aus jener Zeit stammt, ist es in der Tat ein seltener Fund. Und sollte diese Papier tatsächlich eine neue Prophezeiung enthalten …«

Ihm fehlten die Worte, um die Tragweite dieser Möglichkeit zu beschreiben.

Lobsang war außer sich vor Freude. Erst als ihm erinnerlich wurde, in wessen Gesellschaft er sich befand, blickte er wieder demütig zu Boden.

»Das müssen wir untersuchen«, sagte der Dalai Lama. »Und das könnte Wochen dauern. Mal sehen, ob wir ein nettes Quartier finden, wo du so lange unterkommen kannst.« Er drückte Lobsangs Arm. »Du gehörst zu unserer Gemeinschaft. Wir werden uns um dich kümmern.«

»Danke«, flüsterte Lobsang. Einige Augenblicke später wanderte sein Blick vom Dalai Lama zu mir. »Ist das die Katze Seiner Heiligkeit?«, fragte er respektvoll.

Der Dalai Lama nickte und kraulte mich.

»Sie ist auch in Tibet wohlbekannt.«

»Wirklich?« Darüber schien Seine Heiligkeit genauso überrascht wie ich. »In dieser Form oder als kleine Schwester?«

»Als KSH«, bestätigte Lobsang.

Das haute mich glatt vom Hocker. »Kleine Schwester«? So hatte mich doch schon Yogi Tarchin genannt. Und zwar immer, wenn er sich mit Serena unterhalten hatte. Ich war stets der Meinung gewesen, dieser Name würde sich auf meine innige Beziehung zu Serena beziehen. Doch die Worte Seiner Heiligkeit schienen auf einen viel tieferen Zusammenhang hinzuweisen.

Am Ende der Besprechung nahm Lobsang den weißen Schal vom Tisch und präsentierte ihn dem Dalai Lama mit tiefster Ehrfurcht. Seine Heiligkeit nahm ihn entgegen, schloss die Augen und rezitierte ein Gebet. Dies verlieh dem Schal neue glücksspendende Kräfte, die denen der darauf gestickten Glückssymbole in nichts nachstanden. Schließlich legte er den Schal um Lobsangs Schultern.

Lobsang sah Seine Heiligkeit aus tränenfeuchten Augen an. Er wagte nicht zu sprechen.

Der Dalai Lama strahlte.»Nun wurde dein Schal gleich von zwei verschiedenen Verkörperungen des Dalai Lama gesegnet!«

Kurze Zeit später zerstreute sich die Versammlung. Geshe Lhundup hatte die Metallröhre und den kostbaren Text darin wieder in eine der Stoffbahnen gewickelt. Die Ledertasche, in welcher der Text jahrhundertelang verborgen gewesen war, legte er in die Pappschachtel zurück. Er wollte einen Mönch vorbeischicken, der beides ins Archiv bringen sollte.

Sobald alle Menschen den Raum verlassen hatten, sprang ich auf den Tisch.

Es gibt nur wenige Dinge, die einer Katze mehr Freude bereiten als eine leere Pappschachtel. Aber wenn diese Schachtel dann gar nicht leer ist, sondern eine Ledertasche unbestimmten Alters enthält, die womöglich von einer früheren Inkarnation des Dalai Lama berührt worden war, können wir der Versuchung beim besten Willen nicht widerstehen. Ich stellte mich auf die Hinterläufe und schnüffelte an der Schachtel. Dann sprang ich los, ohne nachzudenken, und war im nächsten Moment in der Tasche verschwunden.

So altes Leder hatte ich noch nie gerochen: Es duftete etwas modrig, aber nicht verfault. Ein Hauch von Räucherwerk haftete daran. Sandelholz? Oder irgendein Himalaja-Kraut? In der Tasche zu hocken war eine fast spirituelle Erfahrung, verstärkt noch durch das Wissen um seine Herkunft und seinen bisherigen Inhalt. Der perfekte Ort zum Meditieren!

Ich knetete das Leder eine Weile und ließ mich dann darauf nieder. Dabei drückte mein Körpergewicht die Tasche nach unten, sodass der Deckel zuklappte. Doch die plötzliche Dunkelheit machte die Erfahrung nur noch eindringlicher. Da saß ich nun – in einer Tasche aus den Bergen Tibets, in der jahrhundertelang ein geheimer Schatz geschlummert hatte. Leise schnurrend konzentrierte ich mich auf meinen Atem.

Liebe Leser, ich weiß nicht, ob es vielleicht nur Einbildung war, aber mein Geist kam mir außergewöhnlich klar vor. Ich verspürte kaum Unruhe. Konnte mich sogar davon abhalten, über die Bedeutung der mysteriösen Worte des Dalai Lama, die »Kleine Schwester« betreffend, nachzudenken. Ich atmete einfach nur ruhig und gelassen ein und aus. Sollte dies etwa meine bisher beste Meditationssitzung werden?

Leider nein.

Einige Zeit später schreckte ich auf. Ich musste wohl eingeschlafen sein. In der unvertrauten Finsternis schlug ich ein paarmal die Augen auf und zu. Erst nach einer Weile fiel mir wieder ein, wo ich war – beziehungsweise: wo ich *gewesen war*.

Denn ich ahnte bereits, dass ich mich nicht mehr dort befand.

Noch etwas benommen schob ich mit dem Kopf die Klappe der Ledertasche hoch und sah mich um. Im Konferenzraum war ich jedenfalls nicht mehr. Nachdem ich eingeschlafen war, musste irgendjemand die Schachtel mit mir darin an einen anderen Ort gebracht haben. Der einzige Lichtschein drang durch einen Spalt unter einer Tür, in dem die vielen Regale und Kisten um mich herum gerade so zu erkennen waren. Jetzt wusste ich, wo ich war: im Archiv des Namgyal-Klosters.

Mein erster Instinkt galt der Flucht. Angesichts der Tatsache, dass zwischen dem oberen Rand der Schachtel und dem Regalbrett nur wenig Platz war, konnte ich mich nur mit Mühe befreien. Ich zappelte ein wenig herum, bis es mir gelang, eine Seite der Pappschachtel herunterzudrücken. Sofort huschte ich in die hinterste Ecke des Regals.

Kaum war ich dort angelangt, öffnete sich die Tür zum Archiv. Ein schmaler Lichtspalt fiel in den Raum, als ein Mönch ihn betrat.

Ich miaute erbärmlich.

Der Mönch beachtete mich nicht. Unbekümmert legte er ein schweres Buch auf die Schachtel, der ich soeben entkommen war. Dann drehte er sich wieder um. Dabei erkannte ich ihn als einen der Mönche, die im Auftrag der Lamas Botendienste verrichteten. Und ausgerechnet dieser Mönch war taub!

Bevor ich versuchen konnte, ihn trotzdem auf mich aufmerksam zu machen, hatte er die Archivtür auch schon wieder ins Schloss fallen lassen. Ich saß erneut im Dunkeln. Wäre ich nur wenige Minuten später aufgewacht, hätte ich mich nun in einer ausweglosen Falle befunden.

Aber das war nur ein schwacher Trost. Außerdem war die gerade beendete Meditationssitzung nicht so erhellend gewesen wie erhofft. Ich hatte zwar weniger als sonst unter geistiger Unruhe gelitten, dafür war mein träger Verstand vom Schlaf übermannt worden.

Jetzt konnte ich nur noch abwarten. Ich hatte nicht die leiseste Ahnung, wie oft jemand in das Archiv kam oder auch nur daran vorbeiging. Den Boden konnte ich auch nicht erreichen – das Regal war viel zu hoch. Meine Hinterbeine sind seit einem Unfall im Kätzchenalter geschwächt, daher musste ich auf Sprünge aus großer Höhe verzichten. Also blieb mir nichts anderes übrig, als zu bleiben, wo ich war, auf Schritte zu lauschen und dann sehr laut zu miauen.

Eine gefühlte Ewigkeit später öffnete sich die Tür ein weiteres Mal. Ich hob den Kopf und miaute, als ein Mönch den Raum betrat und das Licht einschaltete.

Es war Oliver, der sich sofort auf die Suche nach dem Ursprung der Geräusche machte.

»KSH!«, rief er, als er mich in der Ecke kauern sah. Er betrachtete die Pappschachtel vor sich mit einem Stirnrunzeln, dann fuhr er mit der Hand über das schwere Buch darauf.

»Herr im Himmel!«, sagte er – eine Phrase, die ich noch keinen tibetischen Mönch hatte verwenden hören. »Wie bist du denn hierher geraten?«

Er nahm mich vom Regal, trug mich aus dem Archiv und schloss die Tür hinter uns ab. Ich gestattete ihm, mich durch einen gewundenen Flur zu tragen, der schließlich durch den Tempel und dann in den vertrauten Innenhof führte. Erst dort gab ich ihm durch aufgeregtes Zappeln zu verstehen, dass ich abgesetzt werden wollte.

»Willst du nicht nach Hause, KSH?«

Es war früh am Nachmittag. Die Sonne schien durch die Wolken. Ich war mehrere Stunden lang in tiefster Dunkelheit eingesperrt gewesen. Was glaubte er denn, wo ich hinwollte? Ich zappelte noch heftiger.

Oliver hatte offenbar andere Pläne, daher musste ich die Krallen ausfahren – nur ein bisschen –, um ihm zu beweisen, dass ich es ernst meinte. Nach kurzem Gerangel fiel ich aus seinen Armen auf den Boden. Ich rappelte mich auf und rannte durch den Innenhof, so schnell es mir meine schwachen Beine erlaubten.

Oliver verfolgte mich in gemächlichem Tempo. Am Tor angekommen drehte ich mich zu ihm um.

»KSH!«, rief er. »Komm zurück, du undankbares Stück!«

Er setzte mir nur halbherzig nach. Ich sprang hinter ein paar Büsche am linken Wegesrand. Endlich frei!

Ich war erst wenige Schritte gegangen, als ich wieder diesen Duft in der Nase hatte, diesen zauberhaften, betörenden Duft. Schnell gab ich mein ursprüngliches Ziel, einen Nachmittagsimbiss im Himalaja-Buchcafé, auf. Zum ersten Mal hatte ich den Duft auf dem Fensterbrett im ersten Stock sitzend gerochen. Und dann an jenem

Abend mit Geshe Wangpo, an dem ich herausgefunden hatte, aus welcher Richtung er kam.

Nun eilte ich die Straße hinauf, bis ich den kleinen, abgelegenen Garten erreicht hatte, der zwischen dem Namgyal-Kloster und einem Altenheim lag und den ich früher schon hin und wieder aufgesucht hatte, wenn mich ein kätzisches Bedürfnis überkam. Heute allerdings ließ ich den Blick aufmerksam über das üppige Grün und den Hain aus ausgewachsenen Zedern schweifen. Ich schnupperte den Blütenduft. Der Garten wurde von Beeten voller Liebesblumen, Calla-Lilien, Dahlien und anderer Blütenpflanzen begrenzt, die in sorgfältig geharkter, lockerer Erde wuchsen. Solcher Boden ist auch für uns Katzen ein Segen. Doch von dem verführerischen Duft fehlte jede Spur.

Trotz all seiner Schönheit lag der Garten, wie eigentlich immer, verlassen da. Die einladende Bank unter den ausladenden Zedernästen war unbesetzt. Manchmal saßen die Bewohner des Altenheims auf einer Veranda, von der aus man die grüne Pracht gut überblicken konnte, doch auch von ihnen war nichts zu sehen. Bei meinen früheren Besuchen hatte ich bemerkt, dass gelegentlich die Tür zu einem Holzschuppen offen stand, und manchmal war auch eine Gestalt darin zu erkennen gewesen. Doch ansonsten hatte ich in diesem Garten noch nie jemanden gesehen.

Gerade als ich meine Suche nach der Quelle des Geruchs auf der Straße fortsetzen wollte, drehte der Wind. Plötzlich fuhr mir eine Schwade direkt ins Gesicht: ein intensiver, unverwechselbarer Duft. Und er kam ganz aus der Nähe.

Ich lief gegen die Windrichtung über den Rasen. Der unwiderstehliche Geruch wurde immer stärker. Kurz darauf fand ich mich in einem Blumenbeet vor mehreren Pflanzen mit herzförmigen Blättern und weißen Blüten wieder. Ihr opulenter, faszinierend berauschender Duft erfüllte die Luft.

Ich kaute auf den grünen Halmen herum. Liebe Leser, ich konnte nicht anders. Ich musste einfach! Ich wühlte im Beet, leckte die Stiele ab, schüttelte wie im Rausch den Kopf. Meine Gier nach diesem seltsamen Duft war so übermächtig, dass ich am ganzen Körper zitterte. Ich rieb mein Gesicht an den Pflanzen, warf mich schließlich vollständig in das Beet, wobei ich Halme zerdrückte und Blumen umknickte.

Welche Wonne!

Davon konnte ich einfach nicht genug bekommen. Ich streckte mich und wälzte mich und rollte mich in dem aromatischen Kraut. Noch nie hatte ich mich so völlig und mit allen Sinnen hingegeben – selbst während meiner folgenreichen Romanze mit dem gestreiften Kater nicht. War das etwa die legendäre Katzenminze? Die Pflanze, deren mächtiger, geradezu magischer Geruch uns Katzen von Natur aus magnetisch anzieht?

Irgendwann ließ die Wirkung nach. Meine Freude war nicht mehr ganz so ekstatisch, der Duft nicht mehr ganz so verlockend. Ich schloss die Augen, rollte mich zu einem pelzigen Croissant zusammen und ließ mir die warme Nachmittagssonne aufs Gesicht scheinen.

Zeit für ein Nickerchen.

Bevor ich wegdöste, fragte ich mich noch, weshalb ich nicht schon viel früher auf diese Blumen gestoßen war. Und wer sie gepflanzt hatte. Und warum.

An diesem Abend entspannte ich auf dem Sofa. Seine Heiligkeit saß neben mir und las. Nach diesem abenteuerlichen Tag war ich sehr hungrig nach Hause gekommen, und jetzt lag ich satt und zufrieden da.

Es war schon spät, als einer der Wachleute des Dalai Lama mit einem Besucher erschien – Geshe Lhundup.

»Ihr habt mich gebeten, Euch das zu zeigen, egal um welche Stunde«, sagte Geshe Lhundup entschuldigend und breitete einen in Stoff eingeschlagenen Text auf dem Tisch vor Seiner Heiligkeit aus.

»Herzlichen Dank.« Das Lächeln des Dalai Lama erfüllte den Raum. Er beugte sich vor, schlug das Tuch zurück und betrachtete die Seiten.

»Ich habe zwei Kopien angefertigt. Eine für Euch, eine für meine Forschungen. Das Original wird gut bewacht. Gleich morgen früh bringen wir es nach Neu-Delhi, um mithilfe der Radiokarbonmethode sein Alter bestimmen zu lassen.«

Seine Heiligkeit inspizierte die länglichen, mit Schriftzeichen bedeckten Seiten. »Hast du es schon gelesen?«

»Nur überflogen, Eure Heiligkeit.«

»Ich weiß, dass du nur ungern Mutmaßungen anstellst«, sagte der Dalai Lama mit einer verständnisvollen Geste. »Aber hast du vielleicht eine Ahnung, wer es geschrieben haben könnte?«

Geshe Lhundup suchte eine Weile nach den richtigen Worten. »Die üblichen Kommentatoren zu den klassischen Texten können wir ausschließen. Gewisse Anhaltspunkte lassen darauf schließen, dass dieses Manuskript nach 1500 verfasst wurde.«

Seine Heiligkeit blickte überrascht auf und starrte Geshe Lhundup prüfend an.

»Mein Instinkt sagt mir, dass dieser Text tatsächlich aus der Zeit des ›Großen Fünften‹ stammt.«

»Wie du bereits vermutet hast.«

»Was ich nicht gesagt habe, ist«, und hier senkte Geshe Lhundup die Stimme, »dass meiner Meinung nach zumindest ein Teil dieses Textes aus der Feder des ›Großen Fünften‹ persönlich stammen könnte.«

Seine Heiligkeit riss die Augen auf.

»Der Text hat mehrere Verfasser. Und im mittleren Teil weist eine Handschrift entscheidende Übereinstimmungen mit der des 5. Dalai Lama auf. Aber das muss ich selbstverständlich noch genauer prüfen.«

Der Dalai Lama nickte und betrachtete wieder das Manuskript.

»Dann will ich Euch nicht länger von Euren Studien abhalten«, sagte Geshe Lhundup und trat vom Schreibtisch zurück.

»Ja. Besten Dank, Geshe-la.« Wieder blickte Seine Heiligkeit auf und lächelte.

»Übrigens«, sagte Geshe Lhundup, als wäre es ihm jetzt erst wieder eingefallen. »Ich lasse auch die Metallröhre und die Ledertasche mit der Radiokarbonmethode untersuchen. Es könnte sein, dass sie jünger sind als der Text.«

Darüber dachte der Dalai Lama einen Augenblick nach. »Sag im Labor Bescheid, dass etwaige Katzenhaare in der Ledertasche nicht weiter beachtet zu werden brauchen.«

»Ach ja, davon habe ich gehört.« Geshe Lhundup sah auf mich herab. »Die KSH hat heute ihr Nickerchen darin gemacht.«

Bei dieser Bemerkung legte ich die Ohren an.

»Vielleicht wollte sie meditieren«, gab Seine Heiligkeit in freundlichem Ton zu bedenken. »Du weißt ja, wie es ist, wenn der Geist endlich zur Ruhe kommt …«

»Natürlich«, meinte Geshe Lhundup. »Wir scheinen überhaupt nur zwei Zustände zu kennen: inneren Aufruhr oder Schlaf.«

»Ja, genau. Einen Zustand der Klarheit und Weiträumigkeit aufrechtzuerhalten, ohne über etwas nachzudenken, ist nicht einfach. Besonders nicht für Anfänger.« Mit einer Hand kraulte er aufmunternd meinen Nacken.

Seine Heiligkeit blieb bis spät in die Nacht auf und las das Manuskript. Er war völlig davon in Beschlag genommen und schaltete erst lange nach Mitternacht das Licht aus. Wie immer, wenn es dunkel im Raum wurde, spürte ich seine tröstende Hand.

»Weißt du, kleine Schneelöwin, es gibt zwei Arten von Schätzen beziehungsweise Termas. Zum einen die physischen Termas wie diesen Text. Aber wichtiger und wertvoller sind die geistigen Schätze. Solche Erkenntnisse sind äußerst kostbar. Geistige Termas helfen uns, unsere wahre Natur zu begreifen.«

Ich stecke in einem Gurtzeug aus Stoff, das vor der Brust eines Novizen hängt. Wir klettern eilig eine Bergflanke entlang. Ich spüre Angst, die Angst, die der Novize verströmt und die selbst durch den Stoff dringt, der mich festhält.

»Om mani padme hum. Om mani padme hum.«
Er flüstert Tibets bekanntestes Mantra.

Vor uns sind mehrere ebenso hastig kletternde Mitreisende zu erkennen.

»Beeil dich, Norbu!« Ein großer, kräftiger Mann, der die Nachhut bildet, deutet hinter sich. »Die Soldaten sind uns auf den Fersen!«

Ich muss nicht einmal das zottelige Fell meiner Beine betrachten – ich weiß, dass ich der Hund des Dalai Lama bin, der gerade von Tibet nach Indien gebracht wird. Ich kenne auch meinen Träger. Im Traum ist er ein Novize namens Norbu, doch in einer anderen Gestalt ist er mir viel vertrauter. Leider fällt mir gerade nicht ein, um wen es sich handelt.

Wir fallen immer weiter zurück. Norbu humpelt. Sein linker Fuß ist verletzt, und er belastet ihn so wenig wie möglich.

»Om mani padme hum.«

Ächzend vor Schmerz versucht er nach Kräften, zu seinen Kameraden aufzuschließen. Sein Auftrag ist ihm heilig: Mein Leben liegt in seinen Händen.

»In die Freiheit, kleine Schwester«, sagt er und blickt auf das Gurtzeug herab, in dem ich hänge.

Dann fängt es an zu schneien, und der Steinpfad wird immer rutschiger. Im Weiß, das die Landschaft überzieht, ist die dunkle Kleidung der fliehenden Tibeter umso leichter auszumachen.

Norbu trägt das falsche Schuhwerk für einen Gewaltmarsch durch die Berge. Kein Vergleich zu den Stiefeln seiner Verfolger.

»Norbu!« Der Mann ganz vorn dreht sich zu uns um und winkt verzweifelt.

Norbu gibt schon alles. Er läuft so schnell, wie es sein verletzter Fuß erlaubt.

Doch das ist zu langsam.

Der Knall durchschneidet die kalte Bergluft wie das Knacken eines trockenen, dünnen Astes. Norbu geht zu Boden und bleibt mit geschlossenen Augen auf der linken Seite liegen.

Sehen kann ich im ersten Moment nichts. Doch der Geruch von Blut steigt mir in die Nase.

Der kräftige Mann mit den breiten Schultern läuft auf uns zu. Er hat sich einen Schal um den Kopf gewickelt, sodass ich sein Gesicht nicht erkennen kann. Doch sein Mut ist über jeden Zweifel erhaben. Unter Lebensgefahr untersucht er Norbu. Er sieht das Einschussloch in der Brust des Mönchs, nur wenige Zentimeter von mir entfernt. Hier kommt jede Hilfe zu spät.

Er schneidet den Stoffgurt von Norbus Körper. Ich spüre, wie ich von zwei großen, starken Händen hochgehoben werde. Das Gefühl der Geborgenheit, das mich überkommt, ist mächtig, fast übermächtig.

Ich erhasche einen Blick auf das Blut, das aus Norbus Körper fließt und eine hellrote Pfütze im Schnee bildet.

Und jetzt weiß ich auch, wer Norbu heute ist:

Serena.

Siebtes Kapitel

Von einem so lebhaften Traum wird man noch Tage später heimgesucht, kann ich euch sagen, liebe Leser. Wenn ich beispielsweise auf der Fensterbank im ersten Stock saß und die Kapriolen des Wetters beobachtete, tauchte aus heiterem Himmel ein Bild aus dem Traum vor meinem geistigen Auge auf und ich durchlebte das Ganze noch einmal.

Die Regenzeit nahte, daher verbrachte ich sehr viel Zeit vor dem Fenster.

Wenn die dunklen Wolken so tief hängen, dass der ganze Tag trüb und düster ist, wenn der Wind, erfüllt vom sauberen Geruch der nicht länger staubbedeckten Straßen, durch die Fensterritze pfeift, wenn der Regen im Innenhof des Namgyal komplizierte Muster auf den Boden zeichnet, dann pflegt der Dalai Lama aufzustehen und die Lampe in der Ecke einzuschalten. Sofort wird unser Raum zu einer sichere Zuflucht vor den Unbilden des Wetters. Die Thangkas an den Wänden erwachen zum Leben, die satten Rot- und Goldtöne der kunstvoll gewebten Teppiche erstrahlen im warmen Licht, und die heiligen Wesen darauf wirken so real, als wollten sie jeden Augenblick von ihren Lotosthronen herabsteigen und in unsere warme Stube treten.

Bei solchen Gelegenheiten spricht mir Seine Heiligkeit oft gut zu.

»Alles in Ordnung, meine kleine Schneelöwin?«, pflegt er dann zu fragen, während er sich über mich beugt. Wir sehen eine Weile den Regentropfen zu, die an der anderen Seite der Fensterscheibe herunterlaufen. Der Dalai Lama krault meinen Nacken oder flüstert mir Mantras ins Ohr. Und ich empfinde es als ein interessantes und vergnügliches Paradoxon, dass ich mich immer dann am sichersten fühle, wenn die Welt vor der Tür am bedrohlichsten ist. Denn nie leuchtet das Licht in unserem Inneren heller als in der Finsternis.

An einem solchen windigen, klammen Morgen trafen Mrs. Trinci und Serena ein. Die sechs Wochen seit der ersten Meditationsstunde mit Seiner Heiligkeit waren vorüber. Als Serena den Raum betrat, musterte ich sie eingehender als sonst.

Noch hatte ich die außerordentliche Erkenntnis, die mir in jenem Traum zuteilgeworden war, nicht ganz verarbeitet. Ob Serena etwas ahnte? Wusste sie, dass sie in einem früheren Leben beim Versuch, mich über den Himalaja zu tragen, gestorben war? Wusste sie, dass der Sicherheit ihrer kleinen Schwester bis zuletzt ihre größte Sorge galt? Nun, zumindest erklärte es die innige Verbundenheit zwischen uns, die vom ersten Tag an zu spüren gewesen war. Unsere Freundschaft in diesem Leben war nur die Fortführung einer Verbindung, die viel weiter in die Vergangenheit zurückreichte. Doch was war nach meiner Rettung mit mir geschehen? Hatte mich der große Mann mit den kräftigen Händen bis nach Indien getragen? Und wie war ich in Ludos Obhut geraten?

Sobald Serena und ihre Mutter Platz genommen hatten und der Tee serviert war, näherte ich mich der Lampe, unter der sie saßen, sprang aufs Sofa und rollte mich zwischen den beiden Frauen zusammen. Hier war es gemütlich, hier fühlte ich mich sicher vor den wolkenbruchartigen Regenfällen draußen.

»Also«, begann Seine Heiligkeit, »Sie meditieren nun seit sechs Wochen. Wie ist es Ihnen dabei ergangen?«

Die Frage war an Mrs. Trinci gerichtet. Doch die Wärme, die Seine Heiligkeit verströmte, umfasste uns alle.

»Ich stehe immer noch am Anfang«, sagte sie. »Aber ich fühle mich schon besser. Irgendwie … anders.«

Ich starrte Mrs. Trinci aus unbestechlichen saphirblauen Augen an. Inzwischen trug sie ihr Make-up etwas dezenter auf. Die dicke Mascaraschicht auf ihren Wimpern gehörte der Vergangenheit an. Die vielen Armreifen, die bei jeder Bewegung klirrten – und als Italienerin gestikulierte sie mit Leidenschaft –, waren einem schlichten Goldarmband gewichen, das im Licht der Lampe hübsch schimmerte.

Mit einer Handbewegung forderte der Dalai Lama Mrs. Trinci zum Weitersprechen auf.

»Ich kann es nicht genau beschreiben«, sagte sie. »Es ist wohl eher so eine Art Gefühl.«

»Ein Gefühl?«

»*Sì*. Ich nehme … viel mehr wahr als früher.«

Seine Heiligkeit nickte.

»Das mag jetzt seltsam klingen, aber neulich habe ich Azaleen im Garten gepflückt. Ich stellte einen Strauß für die Vase im Flur zusammen. Das habe ich im Laufe der Jahre schon hundertmal gemacht. Nur … als ich die Blumen letzte Woche betrachtete, bemerkte ich, wie schön sie sind. Ich bemerkte es *so richtig*. Das Gefühl war … *forte*. Stark!«

Der Dalai Lama lächelte.

»Mit der Musik war es genauso.« Sie warf Serena einen Blick zu. Diese nickte.

»Wir hatten eine Platte aufgelegt. Wohlvertraute Musik aus meiner Kindheit. Das Gefühl war so überwältigend, ich war davon so eingenommen, dass mir die Tränen übers Gesicht liefen.«

Serena drückte kurz ihre Hand. »Du wirst ja richtig sentimental.«

Mrs. Trinci nickte und bekam noch bei der Erinnerung an die Musik feuchte Augen.

»Was ist sonst passiert?«, fragte Seine Heiligkeit.

»Nun, ich weiß nicht, ob es wichtig ist, aber kürzlich rief mein Steuerberater an. Während des Gesprächs spürte ich, wie ich mich verspannte. Ich bemerkte, was da vor sich ging …«

»Deine Schultern verspannten sich …«, half ihr Serena auf die Sprünge.

»*Sì*. Während der Steuerberater redete, holte ich ein paarmal achtsam Luft, genau wie Ihr es uns gezeigt habt. Plötzlich hatte ich innerlich mehr Raum. Und ich erinnerte mich an die vielen Male, bei denen ich früher total hibbelig war, wenn ich mit diesem Mann telefonierte. Oder mit anderen Leuten.«

Der Dalai Lama nickte immer noch.

»Glaubt Ihr, dass das etwas mit der Meditation zu tun hat?«, fragte sie.

»Unbedingt«, meinte er.

»Obwohl ich gar nicht meditiert habe, als der Steuerberater angerufen hat? Oder als ich in der Küche stand und das Mittagessen zubereitet habe oder auch als ich beim Blumenpflücken war?«

»Natürlich.« Der Dalai Lama hielt kurz inne und überlegte, wie er es am besten erklären konnte. »Wenn Sie regelmäßig, und sei es auch jeweils nur kurz, trainieren, beispielsweise joggen oder …«, er tat so, als würde er Gewichte heben, »hat das erhebliche Auswirkungen, nicht wahr?«

Die beiden Frauen nickten zustimmend.

»Genauso verhält es sich mit der Achtsamkeit. Schritt für Schritt werden Sie achtsamer, nehmen jede Ihrer Bewegungen, jedes Wort, jeden Gedanken bewusster wahr. Und zwar nicht nur, während Sie meditieren. Das ist überaus nützlich, denn nur was wir begreifen, können wir auch ändern.«

»Was man nicht beobachtet, kann man auch nicht steuern«, meinte Serena.

»Sehr gut!« Seine Heiligkeit strahlte.

»Aber ist das auch der Fall«, fragte Mrs. Trinci mit hörbarem Zweifel, »wenn man beim Meditieren selbst keine Fortschritte macht?«

Seine Heiligkeit legte den Kopf schief.

»Das ist jedenfalls mein Eindruck.« Sie hob abwehrend die Hände. »Ich weiß, ich soll keine Selbstzweifel haben. Aber ich glaube, dass ich mich in den sechs Wochen kaum verbessert habe.«

Seine Heiligkeit lächelte. »Um den Fortschritt der Meditationsfähigkeit zu messen, sind sechs Wochen, sechs Monate und selbst ein Jahr zu wenig. Erst wenn Sie nach … sagen wir … fünf oder zehn Jahren einen Vergleich anstellen, werden Sie unübersehbare Veränderungen registrieren können. Aber profitiert haben Sie von der Meditation auch schon in der Zwischenzeit.«

Mrs. Trinci dachte nach. »Es ist wie ein langsames Erwachen.«

Der Dalai Lama nickte. »Das Wort ›Buddha‹ bedeutet ja auch ›Der Erwachte‹.«

»Ihr sagt, dass man sich durch die Meditation seiner Umgebung stärker bewusst wird, damit man sein Verhalten dementsprechend ändern kann.« Serena suchte stirnrunzelnd nach den richtigen Worten. »Gibt es etwas besonders Wichtiges, das wir uns bewusst machen sollten?«

»Das ist bei jedem anders. Wir haben verschiedene Temperamente und unterschiedliche Probleme. Aber wenn wir unter Stress stehen« – er deutete auf Mrs. Trinci –, »sollten wir uns bewusst machen, wann genau wir anfangen, uns zu verspannen. Denn erst dann können wir unser Verhalten ändern – wie Sie es ja schon tun.«

Mrs. Trinci sonnte sich im Lob Seiner Heiligkeit. »Und damit werde ich auch nicht aufhören«, verkündete sie. »Es hat sich ja schon vieles zum Positiven verändert. Die vergangenen sechs Wochen waren erst der Anfang, das ist mir jetzt klar geworden.«

Er lächelte, und der Raum schien durchflutet von seiner warmen Güte.

»Im Allgemeinen ist der Geist ein guter Ausgangspunkt«, sagte er und kehrte damit zu Serenas Frage zurück. »Wie der Buddha schon sagte: ›Den Dingen geht der Geist voran; der Geist entscheidet. Entspringen reinem Geist dein Wort und deine Taten, folgt das Glück dir nach, unfehlbar wie ein Schatten.‹«

Eine Zeit lang dachten wir im Lampenlicht über Buddhas Weisheit nach. Der Himmel wurde noch dunkler, und der Wind heulte durch das Kangra-Tal. Wir fühlten uns sicher und geschützt – nicht nur wegen des angenehm sanften Lichts, sondern auch wegen des Friedens, der aus der Nähe zu Seiner Heiligkeit erwuchs. Es war, als würden uns die Elemente selbst einladen, diesen Augenblick zu erleben. Nur wir vier, im Hier und Jetzt. Wieder einmal staunte ich über die große Ruhe, die sich einstellt, wenn man sich auf den gegenwärtigen Moment konzentriert – mochte die äußere Welt noch so sehr in Aufruhr sein.

Auch Mrs. Trinci und Serena schienen dies verstanden zu haben. Eine Weile saßen wir einfach nur da, ohne dass jemand etwas sagen musste. Schließlich ergriff Seine Heiligkeit das Wort.

»Unsere Gedanken sind die Ursache für Glück und Unglück. Die Herausforderung liegt darin, die Gedanken, die zum Glück führen, zu kultivieren und die zu vermeiden, die uns Leid bereiten. Wie oft haben wir negative Gedanken, ohne es auch nur zu bemerken, weil wir so von ihnen eingenommen sind. Oder weil wir gar nicht anders können. Durch Achtsamkeit wird man sich dieser Gedanken bewusst. So können wir unsere Gedanken beobachten und wenn nötig ändern.«

»Eure Heiligkeit, welche Gedanken bereiten das größte Glück?«, fragte Mrs. Trinci nach einer Weile.

Der Dalai Lama streckte den Arm aus und ergriff ihre Hand. »Wir sind dann am glücklichsten, wenn wir Mitgefühl mit anderen Lebewesen empfinden. Wenn wir anderen helfen, Leid zu vermeiden und Zufriedenheit zu finden, sind wir selbst die Ersten, die davon profitieren.«

»Das hört sich so einfach an«, sagte Serena. »Ist es aber nicht.«

Seine Heiligkeit nickte. »Das stimmt. Die Instinkte lassen uns zuerst an uns selbst denken. ›Ich, ich, ich, ich, ich‹ – das ist das Mantra, nach dem wir für gewöhnlich leben.« Er lächelte. »Aber so werden wir kein Glück finden. Achtsamkeit ist das Werkzeug, mit dessen Hilfe wir Selbstsucht durch Mitgefühl ersetzen können.«

Gegen Mittag verzogen sich die Monsunwolken. Mrs. Trinci und Serena hatten den Namgyal, inspiriert von den Früchten ihrer Meditationsübungen, frohgemut verlassen. Ich beschloss, meiner neuen Rolle als heiliges Wesen des Himalaja-Buchcafés gerecht zu werden.

Sobald ich durch den Vordereingang des Lokals schritt, bemerkte ich die untypisch geräuschvolle Atmosphäre, die dort herrschte. Kaum hatte ich das Regal erklommen, sah ich, dass der Radau von einem Ecktisch kam, an dem Franc mit Ewing und einigen Bekannten beim Mittagessen saß. Diverse Champagnerflaschen wurden geköpft, und in den nächsten Stunden hallte immer wieder lautes Gelächter durch das Café. Der Grund dieser ausgelassenen Feier blieb allerdings im Dunklen – bis Ewing zum Klavier ging, den Deckel hochklappte und eine Reihe schmetternder, extravaganter Akkorde spielte, die selbst Liberace auf dem Höhepunkt seiner Karriere zur Ehre gereicht hätten. Damit brachte er jegliche Unterhaltung zum Stillstand. Schließlich stimmte er »Happy Birthday« an; alle Anwesenden sangen mit und fügten an der richtigen Stelle ein »... lieber Franc!« an.

Die Geburtstagsfeier war so in Fahrt, dass der Nachtisch nicht vor halb vier serviert wurde und sich die Gesellschaft erst gegen fünf Uhr auflöste. Franc, der offenbar noch nicht genug gefeiert hatte, setzte sich auf eines der Sofas im Buchladen und bestand darauf, dass sich Sam und Serena zu ihm gesellten. Er bestellte eine weitere Flasche Champagner. Seine Hunde witterten die Aussicht auf eine Zwischenmahlzeit und verließen den Korb unter dem Empfangspult. Sie rannten die Treppe hinauf und sprangen auf das Sofa, das sich Franc mit Sam teilte. Da ich nichts verpassen wollte, stieß ich ebenfalls dazu und setzte mich Serena auf den Schoß.

»Das war ein tolles Geburtstagsessen, oder?«, fragte Sam und deutete mit dem Kinn auf den Tisch, an dem Franc und seine Freunde gesessen hatten.

»Das tollste überhaupt!«, erwiderte Franc mit breitem Grinsen. »Es war« – er machte eine ausladende Geste, die das gesamte Café umfasste – »einfach fabelhaft! Und das habe ich nur dir zu verdanken, Serena!« Er beugte sich vor und gab ihr einen Kuss auf die Wange.

»Ach, gern geschehen. Aber ich war es nicht allein«, widersprach sie mit rotem Kopf. Sie und Kusali hatten die Feierlichkeiten vorbereitet und für erlesenstes Essen und besten Service gesorgt. »Außerdem sind wir alle dir noch für die wunderbare Soiree zu Dank verpflichtet.«

»Auf viele weitere!« Franc hob das Glas. »Das hätte ich schon vor Jahren machen sollen«, sagte er, nachdem alle einen kleinen Schluck genommen hatten. »Aber ich musste erst noch ein paar Dinge aufarbeiten.«

Franc bemerkte Serenas fragenden Blick. »Nun, ich bin mit dem Klavier aufgewachsen. Ich habe Solokonzerte gegeben und bin in Orchesterbegleitung aufgetreten. Alles Mögliche. Das war meine große Leidenschaft. Aber mein Vater wollte, dass ich in seine Fußstapfen trete und Ingenieur werde. Deshalb war er stinksauer, als ich auf dem College Musikkurse belegte. Ständig erklärte er, dass ich mich damit unmöglich würde über Wasser halten können. Auf den Verstand solle ich hören und nicht auf mein Herz. Anfang dreißig machte ich eine schwere Zeit durch. Ich war arbeitslos, und alles sah danach aus, als würden sich die Befürchtungen meines Vaters bewahrheiten. Da wollte ich nur noch weg von zu Hause, so weit wie möglich. Also bin ich nach Indien gegangen.«

»Ach so war das«, meinte Serena mit sanfter Stimme.

Ich hörte aufmerksam zu. Franc hatte in der Vergangenheit nur wenig von sich erzählt. Entweder lag es an Geshe-las Lektionen zur Selbstakzeptanz oder an dem vielen Champagner, den er bereits intus hatte, aber in diesen wenigen Sätzen hatte er mehr über seine Vergangenheit preisgegeben als in den vielen Jahren zuvor. Und er war offenbar noch nicht fertig.

»Ich wollte einfach irgendwohin, wo mich niemand kennt. Und damals war Nordwestindien das Ende der Welt. Aber als ich hier ankam, stellte ich fest …« Er lächelte sie reumütig an.

»… dass du immer noch derselbe warst?«, fragte Sam nach.

»Genau.«

»Egal, wie weit wir auch reisen – uns selbst können wir nie entkommen.« Da sprach Sam aus Erfahrung.

»Also steckte ich alle Energie in das Café.« Franc zuckte mit den Schultern. »Seine Heiligkeit war gleich am Ende der Straße, und ich sah die vielen Menschen in den roten Roben und dachte, dass es cool wäre, Buddhist zu sein. Na, das war ein ziemliches Missverständnis!« Er kicherte. »Aber Geshe Wangpo hat mir dann ja glücklicherweise die Augen geöffnet.«

»Ich habe mich immer gefragt, wieso ausgerechnet er dein Lehrer wurde«, sagte Serena. »Er nimmt doch eigentlich kaum westliche Schüler an.«

»Ach, das hat der Dalai Lama arrangiert«, sagte Franc. »Chogyal, ein ehemaliger Assistent, kam eines Tages hier reingeschneit und bat mich, den kleinen heimatlosen Kyi Kyi bei mir aufzunehmen.« Franc tätschelte den Lhasa Apso neben sich auf dem Sofa. »Als ich in Chogyals Büro im Namgyal kam, um ihn abzuholen, tauchte plötzlich Seine Heiligkeit auf.« Franc schüttelte lächelnd den Kopf. »Ich glaube, er wollte mich ein bisschen auf den Arm nehmen. Damals habe ich nämlich furchtbaren Mist geredet. Und den Superbuddhisten abgegeben.«

»Und jetzt?«, fragte Serena spöttisch.

»… rede ich immer noch viel Unsinn, bin mir dessen aber wenigstens *bewusst*«, antwortete er lachend. »Wie dem auch sei – Seine Heiligkeit kam gleich auf den Punkt und sagte, ich bräuchte einen Lehrer. Und als ich fragte, ob er jemand Bestimmten im Auge habe, schlug er Geshe Wangpo vor.«

»Hattest du auch nur die leiseste Ahnung, dass er einer der strengsten Mönche des Klosters ist?«, fragte Sam.

»Natürlich nicht!«, antwortete Franc. »Erst dachte ich, der Dalai Lama hätte sich einen Scherz mit mir erlaubt. Aber Geshe Wangpo war genau der Richtige für mich. Er hat mir ganz schnell beigebracht, dass ein Glatzkopf und ein paar Einweihungsbändchen nichts mit dem Buddhismus zu tun haben. Es geht um den Geist. Je mehr Kurse ich besuchte und je länger ich meditierte, desto mehr begriff ich, dass unser Unglück zum größten Teil selbst verschuldet ist. Ich quälte mich mit diesen vielen traurigen Gedanken – ganz besonders, was meinen Vater anging.«

Nach einigen Momenten der Stille nickte Sam. »Mir erging es ganz ähnlich.« Er sah sich am Tisch um, bevor er weitersprach. »Ich kam hierher, nachdem ich meine Stelle in einer Buchhandlung in Los Angeles verloren hatte. Und auch ich schlug mich mit all diesen negativen Gedanken herum.«

Murmelnd gaben die anderen mitfühlende oder überraschte Kommentare ab. Ich sah Sam an und erinnerte mich, wie nervös er bei seinem ersten Besuch im Himalaja-Buchcafé war.

»Ich ließ kein gutes Haar an mir. Hielt mich für einen hoffnungslosen Versager«, sagte er. »Ich mochte zwar viel Wissen im Kopf haben, aber niemand konnte mich leiden. Ich kam einfach nicht mit anderen Menschen klar.«

»Ich weiß noch, dass ich dich förmlich anflehen musste, hier zu arbeiten«, bestätigte Franc grinsend.

Sam nickte.

»Ich habe sogar eine Therapeutin deswegen aufgesucht, wisst ihr. Sie hat mir erklärt, dass meine Unzufriedenheit nicht nur die eine Ursache hatte. Viele Leute werden arbeitslos, ohne gleich am Boden zerstört zu sein.

Den wahren Schaden haben meine Gedanken und Überlegungen angerichtet. Sie kamen ganz automatisch, ich konnte sie nicht aufhalten. Erst als ich Geshe-las Vorträge besuchte und mich in Achtsamkeit übte, wurde mir bewusst, was sich in meinem Kopf abspielte. Und dass ich etwas dagegen tun konnte.«

»Faszinierend«, meinte Serena. »Heute Morgen hat der Dalai Lama beinahe dasselbe gesagt, nur mit anderen Worten. Hat dir die Therapeutin einen Tipp gegeben, wie du die unangenehmen Gedanken loswirst?«

»In der Tat«, sagte Sam. »Und dieser Vorschlag wird dich überraschen. Statt mich zu positiveren Gedanken über mich selbst zu zwingen, empfal sie mir, einfach das Thema zu wechseln. Ich sollte mich auf meine Freunde und deren Probleme konzentrieren.«

Serena lehnte sich zurück. »Genau das sagt Seine Heiligkeit auch.«

»Ja, da gibt es eine Menge Parallelen«, bemerkte Sam. »Viele Westler, die die reich geschmückten buddhistischen Tempel, die Mönche in den roten Roben, die Rituale, Gebete und Lehrmeister sehen, begehen den verständlichen Fehler, den Buddhismus für eine glaubensbasierte Religion zu halten. So eine Art Christentum des Ostens. Aber in Wirklichkeit verhält es sich ganz anders. Man darf sich von diesem scheinbar religiösen Brimborium nicht in die Irre führen lassen. Im Buddhismus geht es in erster Linie um die Natur des Geistes. Das Hauptaugenmerk liegt auf den Mechanismen unseres Bewusstseins.«

»Und dieser Ansatz«, warf Franc ein, »ist ziemlich …«

»… mühsam«, vollendete Sam. »Manche beobachten einen flüchtigen Aspekt des Bewusstseins während einer fünftausend Stunden währenden einsamen Einkehr. Dann kommt der Nächste und wiederholt das Experiment. Daraus entsteht eine Sprache, mit der man diese Entdeckungen beschreiben kann. Über Jahrtausende hinweg wurden diese Konzepte wiederholt, geprüft und diskutiert. Und die Resultate sind ein umfassendes Verständnis des Geistes und klare Richtlinien, wie man ihn am besten unter Kontrolle hält.«

»Kein Wunder, dass Seine Heiligkeit so viel Verständnis hat. Und immer so glücklich ist«, meinte Serena nach einer Weile.

»Tja, bis dahin ist es noch ein weiter Weg.« Franc warf Serena einen listigen Blick zu und hob sein Glas. »Aber in der Zwischenzeit bleibt uns ja wenigstens der Champagner!«

Kurze Zeit später hatte ich die Gelegenheit, mich in Achtsamkeit zu üben – oder, genauer gesagt: auf Katzenminze zu meditieren. Nach meinem Besuch im Himalaja-Buchcafé beschloss ich, das Kloster links liegen zu lassen und mich direkt in den Garten zu begeben.

Seit ich jenes anregende Halluzinogen entdeckt hatte, war ich mehrmals dort gewesen – und ihr, liebe Leser, solltet euch darüber kein Urteil erlauben. Schließlich verfügen wir Katzen weder über euer Bier im Kühlschrank noch den Wein im Keller oder den Whisky aus der Bar. Und was konnte es schon schaden, ein paar Minuten in einem Blumenbeet herumzutollen?

Auf dem Weg fiel mir ein, was Mrs. Trinci heute Morgen dem Dalai Lama berichtet hatte. Dass sie zum ersten Mal die Schönheit der Azaleen in ihrem Garten so richtig bemerkt hatte. Dass sie bei einem heiß geliebten Musikstück weinen musste. Die Achtsamkeit schlug Wellen in ihrem Leben wie der Stein, der in einen Teich geworfen wird, und sorgte für einen frischen Blick auf alles. Ging mit mir womöglich gerade eine ähnliche Entwicklung vor?

Anscheinend hatte ich in den letzten Wochen nicht nur Dinge bemerkt, die ich sonst übersehen hätte, ich war auch intuitiver geworden, hatte das Augenmerk verstärkt auf Verbindungen, Empfindungen und Beziehungen gelegt, die ich früher nicht beachtet hätte. Dazu gehörte auch meine Begegnung mit Yogi Tarchin und Serena, die dazu geführt hatte, dass ich mich im Traum so klar und eindringlich an mein früheres Leben erinnerte. Als hätte sich mir eine Tür zu einem völlig neuen Verständnis der Realität geöffnet.

∞

Übermütig und hemmungslos warf ich mich in die Katzenminze, wälzte mich darin, streckte mich, rollte mich zusammen und in den wenigen Minuten, die die Wirkung des geheimnisvollen Krauts anhielt, bebte ich vor Freude.

Ich wusste erst seit meinen Achtsamkeitsübungen um die Wirkung der Katzenminze. Erst in den letzten Wochen – als mir meine Sinne so richtig bewusst geworden waren – hatte ich dieses außerordentliche Vergnügen entdeckt. Konnte es sein, dass mein vom Pelz des Gewohnheitsdenkens befreiter Geist mir diese Möglichkeiten eröffnete? Konnte es Zufall sein, dass die Katzenminze gerade jetzt in dem Garten wuchs – oder war mein klarer und offener Geist dafür verantwortlich, dass ich die erquicklichen neuen Chancen, die sich mir boten, so spontan und unangestrengt ergriff?

Nachdem ich von der Katzenminze genug hatte und eigentlich schon den Rückweg antreten wollte, sah ich mich noch einmal im Garten um. Die Tür zum Schuppen stand offen, doch niemand war darin zu erkennen.

Eine unwiderstehliche Einladung.

Und schon war ich in den Schuppen geschlüpft und nahm die verschiedenen Gerüche darin wahr. Den erdigen Duft erkannte ich sofort – er kam aus einem Sack mit Mulch, wie er auch um die Wurzeln der Büsche im Garten verteilt war. Der Gestank, der aus mehreren gefährlich aussehenden Plastikflaschen aufstieg, ließ mich dagegen zurückschrecken. Auf einem Brett gegenüber der Tür waren fein säuberlich alle möglichen Gartengeräte aufgereiht. Unter einer Werkbank lagerten weitere Säcke und Kisten. Während ich mich noch neugierig umsah, hörte ich hinter mir ein Kratzen. Plötzlich fiel ein Schatten auf mich. Ich bemerkte einen Mann, der durch die Tür trat, und floh panisch in einen engen Spalt zwischen zwei Säcken.

Es war niemand anderes als der Chauffeur Seiner Heiligkeit.

Hätte man mich gefragt, welcher Person aus dem Namgyal ich nie wieder begegnen wollte, hätte ich den Chauffeur bestimmt als Ersten genannt. Glücklicherweise liefen wir uns kaum über den Weg, da ihn seine Pflichten selten in den ersten Stock führten. Für gewöhnlich bekam ich ihn nur von der sicheren Warte meiner Fensterbank aus zu Gesicht, wenn ich ihn beim Waschen und Polieren des klostereigenen Wagens beobachtete. Dieser große, grobe Mann hatte, als ich in meinen ersten Tagen im Namgyal-Kloster eine Maus fing, den Spitznamen Mausie-Tung für mich vorgeschlagen, was im Assistentenbüro für allseitige Erheiterung gesorgt hatte – nur ich war davon kein bisschen angetan.

»Du!«, rief er, sobald er meine flauschigen grauen Pfoten und den Schwanz erblickte, der zwischen zwei Säcken mit Sägespänen hervorlugte.

Vor Angst zitterte ich am ganzen Körper. Nun würde ich seine Wut über mein unbefugtes Eindringen zu spüren bekommen.

»Na los, KSH. Komm da raus!«, befahl er mit fester, aber nicht unfreundlicher Stimme. Und er hatte mich mit meiner offiziellen Anrede angesprochen.

Doch ich steckte fest. Meine Schultern, die ich auf der überstürzten Flucht zwischen die Säcke gezwängt hatte, schienen nun zu breit für den Rückweg. Meine Pfoten fanden auf dem glatten Betonboden keinen Halt. Ich war der Gnade eines Mannes ausgeliefert, den ich zutiefst verachtete.

»Du steckst wohl fest, was?«, bemerkte er und ging in die Hocke. Er schob einen der Säcke beiseite und befreite mich so aus meiner Zwangslage. Schnell legte ich den Rückwärtsgang ein, schlüpfte zwischen seinen Stiefeln hindurch und verließ hastig den Schuppen.

Er folgte mir und beugte sich vor, um mir den Kopf zu kraulen. »Schon gut«, murmelte er beruhigend.

Ich blickte erschrocken und verwirrt zu ihm auf.

Wo war der Fiesling, der mir unbarmherzig nachjagen würde? Der Unhold, der mir den einzigen Namen aufgedrückt hatte, den ich aus ganzem Herzen verabscheute?

Er ging wieder in den Schuppen und wandte sich anderen Dingen zu. Offensichtlich wollte er mich nicht für das Eindringen in seinen Schuppen bestrafen. Vielmehr summte er einen aktuellen Hindi-Hit vor sich hin. Anscheinend hatte er mich bereits vergessen. Jetzt erkannte ich, dass er die Gestalt war, die ich früher schon öfter aus der Entfernung gesehen, aber nie erkannt hatte. Ich wäre im Leben nicht darauf gekommen, dass es eine Verbindung zwischen dem Garten – der jetzt *mein* Garten war – und dem Chauffeur gab. Als er mit Arbeitshandschuhen, einem kleinen Eimer und einer Harke zum Unkrautjäten aus dem Schuppen trat, begriff ich, dass er es war, der den Boden harkte und lüftete, auf dem ich gelegentlich mein Geschäft verrichtete. Er rechte das Laub zusammen, jätete das Unkraut und pflegte auf diese Weise den Rasen, wie man es besser nicht hätte tun können.

Der Chauffeur ging vor einem Blumenbeet auf die Knie und entfernte vorsichtig das Unkraut, das aus dem Boden spitzte, indem er es mitsamt der Wurzel ausgrub. Dabei ging er ruhig, behutsam und methodisch vor. Seine bedächtigen Bewegungen machten mich neugierig.

Über die Schulter warf er mir einen Blick zu. »Die Leutchen lieben einen gut gepflegten Garten.« Er deutete mit dem Kopf in Richtung des Altenheims. »Auch du leistest deinen Beitrag. Dünger! Der ist beim Gärtnern unerlässlich.«

Also wusste er von meinen gelegentlichen Besuchen.

»Hoffentlich magst du die Katzenminze. Die hab ich nur für dich gesät. Im Namgyal gibt es ja keinen Garten, und da dachte ich, dir könnte es hier gefallen.«

Ich traute meinen Ohren nicht. Ausgerechnet der Chauffeur hatte die Katzenminze angebaut! Nur für mich! Ich war völlig verdattert.

Er arbeitete eine Weile schweigend weiter, wobei er auf allen vieren immer näher auf mich zu kroch.

»Gärtnern ist wie Meditieren«, sagte er.

Sollte das etwa heißen, dass die Gartenarbeit ihm dabei half, sich auf den gegenwärtigen Augenblick zu konzentrieren? Dass ihn der Duft von Lehm und Kiefern ins Hier und Jetzt zurückholte?

Was er als Nächstes von sich gab, kam völlig überraschend: »Der Geist ist wie ein Garten. Jeder entscheidet, was er sät: Unkraut oder Blumen.«

Damit hatte er in einem Satz zusammengefasst, was Seine Heiligkeit heute Morgen gesagt hatte. Unkraut oder Blumen? Die Achtsamkeit ermöglicht es uns, eine Wahl zu treffen.

Der Chauffeur kam noch näher. Ich beobachtete ihn genau.

Und begriff, dass ich ihn völlig falsch eingeschätzt hatte. Er mochte vielleicht grob und ungeschlacht aussehen, doch er hatte auch eine sanfte Seite. Und seine Worte ließen auf eine Einsicht schließen, die ich ihm niemals zugetraut hätte.

Vorsichtig bettete ich erst meine rechte Schulter auf das Gras, dann den ganzen Körper. Ich streckte Vorder- und Hinterpfoten so weit es ging von mir und rollte mich auf den Rücken.

Der Chauffeur sah mich kichernd an. Er legte einen behandschuhten Zeigefinger unter mein Kinn und kraulte mich sanft.

»Ich glaube, Sonnenblumen würden dir gefallen, Mausie-Tung.«

Und wisst ihr was, liebe Leser? Ich war kein bisschen beleidigt, als er mich so nannte.

Achtes Kapitel

Seit meiner Begegnung mit dem Chauffeur besuchte ich den Garten häufiger. Die einladende Katzenminze und die Erkenntnis, dass der Chauffeur ein ganz besonderer Mensch war, sorgten dafür, dass ich mich dort ganz wie zu Hause fühlte. Der Garten war nicht länger ein Ort, den ich nur hin und wieder aufsuchte, sondern wurde Teil meines Reviers.

Eines Nachmittags kam ich gerade nach einem Bad in der Katzenminze die Gartentreppe hinunter, als mir etwas einfiel, was ich völlig vergessen hatte. Befand sich in dieser Straße nicht auch die Villa, die Sid gekauft hatte? Ich war nur wenige Katzensprünge von dem renovierungsbedürftigen Gebäude entfernt, das Serena in letzter Zeit so viel Kummer bereitet hatte.

Ob ich vielleicht eine Erkundungstour wagen sollte?

Mögen Katzen Thunfisch?

Oder, anders ausgedrückt: Ist der Dalai Lama Buddhist?

Mit federnden Schritten ging ich die Straße entlang. Ich wusste zwar nicht genau, wonach ich suchte, wollte mir aber die Gelegenheit, Serenas und Sids künftiges Zuhause zu begutachten, nicht entgehen lassen.

Hinter dem Altenheim schloss sich eine Reihe verschiedenster Geschäfte an. Danach hatte die Umgebung eher vorstädtischen Charakter. Einfahrten schlängelten sich zu weit von der Straße abgesetzten Anwesen hinauf. Einige waren hinter Zäunen verborgen, andere dagegen schienen ihre Pracht nicht verstecken zu wollen. Hier waren nur wenige Passanten unterwegs, und kurz darauf betrat ich Neuland. Hier war ich noch nie gewesen. Die Atmosphäre änderte sich, und ich kam mir beinahe vor wie auf einer Landpartie. Die Straße, in der ich mich befand, hieß Tara Crescent.

Große Kiefern flüsterten einander über die Straße hinweg Geheimnisse zu. Am Straßenrand wuchsen üppige Büsche, und der exotische Duft Dutzender mir unbekannter Blumen ließ meine Schnurrhaare vibrieren. Vor der Einfahrt zu einem Anwesen – Nummer einundzwanzig – stand das Schild einer Baufirma namens Patel Constructions. Ich spähte den Kiesweg hinunter, konnte aber kein Haus erkennen. Nur einen mit Bauschutt gefüllten Container. Zwischen Kartons mit Gips und Betonbrocken lag ein Pappbecher mit dem Logo des Himalaja-Buchcafés.

Hatte Serena ihn dort hingeworfen?

Ich wagte mich näher. Da ich auf dem Kies der Einfahrt nicht laufen konnte, schlich ich durch das Gras daneben. Alles war völlig überwuchert. Das Gras war recht hoch und das Gestrüpp so dicht, dass ich kaum die Pfote vor Augen sehen konnte. Schließlich machte die Einfahrt einen Bogen, das Dickicht lichtete sich, und ein außergewöhnlicher Anblick bot sich mir. Auf einer Anhöhe stand eine weitläufige weiß getünchte Villa. Eine breite, charmant altmodische und äußerst erkundenswerte Veranda zog sich um alle vier Seiten. Augenblicklich erregte ein mit Zinnen versehenes Türmchen, das aus einem Flügel des Anwesens ragte, meine Aufmerksamkeit. Der Turm war bestimmt zwei Stockwerke hoch und mit Efeu bedeckt. Ganz oben befand sich ein Raum mit Panoramafenstern in alle vier Himmelsrichtungen. Der perfekte Aussichtspunkt. Von dort aus, war ich mir sicher, würde man ganz wunderbar die Sonne, den Mond und die Sterne in ihrem Dialog mit den eisbedeckten Gipfeln des Himalajas hinter dem Haus beobachten können.

Eine Weile ließ ich alles auf mich wirken. Das Haus stand mitten in einem vor langer Zeit angelegten Garten mit hohen Palmen, Bougainvilleen, kaskadenartigen Beeten voller purpurroter und violetter Blumen und einem kleinen Pinienwäldchen am Ende. Eine wahrhaft arkadische Landschaft! Obwohl das Grundstück schon seit Längerem unbewohnt war, verströmte es eine geradezu magische Aura.

Ich folgte der Einfahrt, bis sie an einer Sandsteintreppe endete, die auf die Veranda führte. Alles war mit feinem Zementstaub überzogen, in dem ich Abdrücke schwerer Stiefel erkennen konnte. Ein weiterer Hinweis darauf, dass dies das Haus war, das Serena und Sid renovieren ließen. Neben der Eingangstür standen ein paar alte

Korbstühle; als ich daran schnupperte, stieg mir Serenas Parfüm in die Nase.

Die Vorstellung, dass die beiden hier in einem Haus mit Turm wohnen würden, nicht weit vom Namgyal und meinem Garten entfernt, war zu schön, um wahr zu sein. Wieder ein Zeichen für die tiefe karmische Verbindung zwischen mir und Serena. Noch wusste ich nicht genau, welche Beziehung ich zu Sid hatte, aber sie war kaum weniger stark: Schließlich hatte ich mich vom ersten Augenblick an zu ihm hingezogen gefühlt.

Ich sah mich neugierig um, als mir ein Fenster auffiel, das einen Spalt offen stand. Gerade weit genug, um einem kleinen – wenn auch recht flauschigen – Körper Einlass zu gewähren. Kurz darauf stand ich auch schon auf dem Fensterbrett, sprang ins Innere und vollführte wie üblich eine wenig elegante Landung.

Ich fand mich in einem großen, leeren und leicht muffig riechenden Raum wieder. Da es hier nichts gab, was mein Katzeninteresse geweckt hätte, trottete ich zu einer offenen Tür hinüber, wobei sich an meinen Samtpfoten ordentlich Staub sammelte. Ein ebenso leerer Flur führte ins Haus hinein. Ich folgte ihm, und schon bald war ich so damit beschäftigt, Räume zu durchwandern, Treppen hinauf- oder hinabzusteigen und die verschiedenen Stockwerke zu inspizieren, dass ich vollkommen die Zeit vergaß. Es war, als stünde dieses Gebäude schon seit Äonen. In möbliertem Zustand würde es sich in ein labyrinthartiges Kuriositätenkabinett verwandeln – der Traum jeder Katze.

In einem Zimmer führte eine doppelflügelige Glastür in einen kleinen, nicht überdachten Innenhof. In dem winzigen Gartenteich stand morastiges Wasser. Fische?, dachte ich und starrte durch die Glasscheibe in die trübe grüne Brühe, doch nichts regte sich. In einem Saal mit ovalem Grundriss stand ein Klavier. Im Gegensatz zu Francs Exemplar besaß dieses jedoch drei Beine und war mit einer dicken Leinwand bedeckt. Ein »Flügel«, vermutete ich. Auf einem solchen Instrument hatten Musiker in der Royal Albert Hall bei den BBC-Fernsehübertragungen manchmal gespielt, die ich mir mit Tenzin angeschaut hatte.

In einem weiteren leeren Zimmer hatte ich eine außergewöhnliche Begegnung. Ich suchte gerade im Kamin nach etwaigen Duftspuren vorheriger Bewohner, als ich hinter mir ein Rascheln hörte. Ich drehte mich um und erblickte im Flur ein Mädchen in weißem Kleid – die hübscheste Gestalt, die ich je gesehen hatte. Aber war sie auch aus Fleisch und Blut? Oder doch eher ein – wiewohl entzückendes – Gespenst? Ihr Anblick war mir so vertraut und wirkte gleichzeitig so unwirklich, dass ich kurzzeitig verwirrt war. Sie hatte feurige braune Augen, eine süße Stupsnase und dunkles, schulterlanges Haar. Ein schöneres Kind hat es nie gegeben.

Und dabei, liebe Leser, kann ich Kinder eigentlich nicht besonders leiden. Meine schwachen Hinterbeine machen mir schwer zu schaffen – und diese Behinderung habe ich einem kleinen Straßenrüpel zu verdanken, der mich in Delhi auf das harte Straßenpflaster fallen ließ.

Daher pflege ich von jeher das Weite zu suchen, sobald ich ein Kind sehe.

Doch in diesem Augenblick hätte mir nichts ferner liegen können. Wir starrten uns eine Ewigkeit lang an. Beide waren wir von diesem merkwürdigen, geradezu körperlichen Gefühl des Wiedererkennens überwältigt.

Dann rannte sie auf mich zu. Und statt die Flucht zu ergreifen, erwartete ich sie voller Freude. Als sie näher kam, erschien Serena im Türrahmen.

»Vorsicht, Zahra. Sonst läuft sie noch weg.«

Zahra nahm mich auf die Arme und hielt mich mit dem Bauch nach oben wie ein Menschenbaby. Eine sehr unbequeme Position, aus der ich mich normalerweise so schnell wie möglich zu befreien versuche – aber nicht jetzt. Denn immerhin sah sie liebevoll auf mich herab und senkte sogar den Kopf, um mir einen Kuss auf die Stirn zu drücken.

Schüchtern blickte sie zu Serena auf, die zu spüren schien, dass dies ein ganz besonderer Moment war. Inzwischen hatte sich auch Sid zu ihnen gesellt.

»Kennst du sie?«, fragte Zahra.

»Das ist Rinpoche. Die KSH. Wir haben dir doch von ihr erzählt.«

»Ja.«

»Aber hier hab ich sie noch nie gesehen. Wie ist sie nur reingekommen?«

»Vielleicht hat sie gewusst, dass ihr mir das Haus zeigen wolltet«, meinte Zahra und setzte mich sehr vorsichtig auf dem Boden ab.

»Schon möglich.«

Sid ging auf die offen stehenden Verandatüren zu. »Und, was sagst du dazu?«, fragte er seine Tochter.

»Ganz toll!«, rief sie überglücklich. Allerdings sah sie sich dabei nicht im Haus um, sondern schaute mich an.

»Sie gehört aber nicht zur Einrichtung«, sagte Sid lächelnd.

»Dann müsst ihr den Dalai Lama überreden, dass er sie mir schenkt!«

Die beiden Erwachsenen traten kichernd auf die Veranda. Zahra folgte ihnen erst, nachdem sie sich vergewissert hatte, dass ich nicht von ihrer Seite wich.

»Ich würde so gern auf den Turm steigen«, sagte sie, sobald sie auf den Korbstühlen und ich auf Zahras Schoß Platz genommen hatten.

»Solange die Treppe nicht repariert ist, ist das zu gefährlich«, sagte Sid. »Aber bei unserem nächsten Besuch kannst du dich darauf freuen.«

Zahra kraulte mich. »Und wann ist das?«

»Erst mal sind Ferien, und dann fahren wir nach Goa in den Urlaub«, erklärte Sid. »Und in den Ferien darauf bist du die ersten beiden Wochen bei Oma Wazir …«

Ich spürte, wie Zahra sich verspannte.

»Genießen wir doch einfach den Augenblick«, schlug Serena vor und öffnete die kleine Kühltasche, die sie mitgebracht hatte. »Will jemand ein Eis?«

Zahras Zögern war so offensichtlich, dass Serena das Gesicht verzog. »Nein, danke.«

»Zahra?« Sids Verwunderung grenzte an Besorgnis. »Das ist doch deine Lieblingssorte …«

»Ja, schon. Aber …« Sie beugte sich vor. Ihr Haar legte sich wie eine Gardine vor unsere Gesichter, als sie mir in die Augen sah.

Serena und Sid entfernten das Einwickelpapier und knabberten an ihren Eistüten. Dabei diskutierten sie über die geplanten Veränderungen am Haus. Offensichtlich warteten sie auf den Bauunternehmer, um diese Vorhaben mit ihm zu besprechen.

»Daddy, darf man ein Geheimnis *wirklich* niemals verraten?«, fragte Zahra unvermittelt und setzte sich aufrecht hin.

Sid wandte sich seiner Tochter zu. Sollte ihn Zahras unerwartete Frage oder ihr drängender Tonfall überrascht haben, so ließ er es sich nicht anmerken.

»Nun, unter gewissen Umständen hat man wohl keine andere Wahl«, sagte er schließlich nachdenklich. »Bei Nötigung zum Beispiel. Oder wenn das Geheimnis zu bewahren mehr Schaden anrichten würde, als wenn man es offenbart.«

»Was heißt das, Nötigung?«

»Nun, das bedeutet, dass man zu etwas gezwungen wird. Wenn jemand zum Beispiel zu dir sagt: ›Das musst du für dich behalten, sonst …‹«

»›… bin ich richtig sauer auf dich‹«, vollendete Zahra den Satz.

»Emotionale Erpressung«, fügte Serena hinzu.

Zahra nickte ernst und fuhr fort, mich zu kraulen. Sid und Sarah wechselten einen vielsagenden Blick.

Kurze Zeit später fuhr Namdev Patel in einem mit Mörtel bespritzten Lieferwagen voller Bauwerkzeug vor. Der kleine, untersetzte Geschäftsmann in Anzughose und weißem Polohemd kam auf uns zu stolziert, als würde er vor Selbstvertrauen gleich platzen.

»Schön, dass Sie sich Zeit für uns nehmen«, sagte Sid, sobald man sich begrüßt hatte und Mr. Patel in einem Korbstuhl saß. »Sie haben Serena gesagt, dass sich die Fertigstellung um weitere sechs Monate verzögert. Dazu hätte ich noch ein paar Fragen.«

Mr. Patel, der mit so etwas offenbar gerechnet hatte, leierte eine lange Liste von Küchenarmaturen herunter, die erst importiert werden mussten, beschrieb den komplizierten Bestellvorgang, der für jeden einzelnen Posten erforderlich war, schilderte die Herausforderungen, denen sich ein mittelständisches Bauunternehmen wie das seine gegenübersah, und schloss seine Ausführungen mit einem kurzen Abriss der indischen Wirtschaft im Allgemeinen und der Schwankungen der Rupie im Besonderen.

»Also sind diese Armaturen der einzige Grund für die Verzögerung?«, fragte Sid, sobald Patel geendet hatte.

»Ja, sehen Sie – der Importeur, über den wir sie beziehen, ist momentan hoffnungslos überlastet. Und ich kann ja nicht einfach in einen Laden gehen und mir die Sachen aus dem Lager holen lassen.«

»Na gut«, fiel ihm Sid ins Wort, »aber letztendlich geht es *ausschließlich* um die Armaturen, oder?«

Der Bauunternehmer nickte beflissen.

»Eine meiner Firmen ist zufällig auf dem Gebiet des Imports tätig«, sagte Sid. »Und ich habe den Geschäftsführer gebeten, ein paar Nachforschungen anzustellen.« Sid nahm eine Liste aus einem Ordner. Die einzelnen Punkte darauf waren sorgfältig abgehakt.

»Wir haben einen anderen Lieferanten gefunden, der uns die Armaturen in zwei Wochen schicken kann.«

Mr. Patel nahm die Liste entgegen.

»Das sind doch gute Neuigkeiten, oder nicht?«, fragte Sid.

Mr. Patel betrachtete das Papier. »Nun, mein Lieferant wird sicher eine Ausfallgebühr für die bereits eingegangene Bestellung verlangen«, meinte er nach langem Zögern.

»Das bezweifle ich«, sagte Sid unbeeindruckt.

»Aber wir können die Bestellung doch nicht einfach stornieren!«, echauffierte sich Patel. »Ein Mann von Ihrem Ruf und eine angesehene Baufirma wie Patel Construction ...«

»Was haben denn Ruf und Ansehen damit zu tun?«

»Wir dürfen vor unseren Lieferanten nicht unzuverlässig erscheinen ...«

»Wollen Sie mir allen Ernstes vorschlagen, sechs Monate zu warten, nur damit Ihr Importeur in Delhi nicht sauer wird?«

»Sir, das ist noch das geringste Problem.« Mr. Patels Blicke huschten wie wild hin und her.

»Inwiefern?«

»Nun, es steckt mehr dahinter, als es den Anschein hat.«

»Also schön …« Sid blieb ganz ruhig. »Was verschweigen Sie mir?«

Der Geschäftsmann rutschte auf seinem Stuhl herum. »Ich musste meine Subunternehmer einem anderen Projekt zuteilen.«

»Und das ist nicht rückgängig zu machen?«

»Sie bringen mich in eine sehr unangenehme Situation!« Mr. Patel hob die Stimme.

»*Ich* bringe *Sie* …«, begann Sid kühl. »Ich wollte schon vor Monaten hier einziehen. Und von Ihnen höre ich nichts als Ausreden und windige Entschuldigungen. Offen gestanden habe ich die Nase voll.«

»Der Lieferant ist ziemlich heikel. Und diese Leute aus Delhi …«

»Mein Geschäftsführer hat auch Ihren Lieferanten kontaktiert.«

Mr. Patel zuckte zusammen.

»Er hat sich nach diesen Armaturen erkundigt, deren Lieferung angeblich Monate dauert. *Ihr* Lieferant« – Sids Stimme war jetzt schneidend scharf – »kann sie mir ebenfalls in zwei Wochen besorgen. Was sagen Sie dazu?«

»Das muss ein Missverständnis sein«, protestierte Mr. Patel.

Darauf folgte eine unangenehme Pause. »Ich verstehe nicht, was Sie damit bezwecken, Mr. Patel«, sagte Sid schließlich.

»Womit?« Patel wollte angriffslustig klingen, was allerdings ordentlich in die Hose ging.

»Meine Anwälte haben unseren Vertrag geprüft. Ihrer Meinung nach hätte ich gute Chancen, den Prozess zu gewinnen, wenn ich Sie wegen Vertragsbruchs und Verstoß gegen diverse Bauverordnungen verklage.«

Der Bauunternehmer vergrub das Gesicht in den Händen, beugte sich vor, stemmte die Ellbogen auf die Knie und seufzte vernehmlich.

»Jemand hat Sie damit beauftragt. Sie bezahlt, damit Sie ...«

»Nicht bezahlt.«

»Sondern?«

»Unter Druck gesetzt.«

»Aha.«

»Ich kann es mir nicht leisten, diesen Kunden zu verlieren.«

»Welchen Kunden? Sagen Sie es mir, vielleicht finden wir eine Lösung.«

Mr. Patel sah überrascht auf.

Inzwischen starrten wir ihn alle an: nicht nur Sid, sondern auch Serena, Zahra und ich.

»Wir werden Ihnen den Auftrag nicht entziehen«, sagte Sid, »wenn Sie sich verpflichten, die Bauarbeiten bis Ende des Monats fertigzustellen. Aber zuerst will ich den Namen wissen.«

Es war fast nur ein Hauchen, mit dem Mr. Patel sein Geständnis vorbrachte. Da er den Kopf in den Händen hielt, war das Wort kaum zu verstehen – doch es bestätigte alle Befürchtungen.

»Wazir«, flüsterte er.

Das schien weder Sid noch Serena zu überraschen, oder aber sie überspielten gekonnt ihre Verblüffung. Nur Zarah war außer sich. Sie rutschte unter mir hervor von ihrem Stuhl, lief zu ihrem Vater hinüber und schlang die Arme um seine Schultern.

»Warum, Daddy?«, rief sie. »Warum ist Oma nur so gemein?«

»Keine Sorge, meine Rosenblüte«, sagte er und drückte sie fest an sich. »Alles wird gut. Ist ja nichts passiert.« Dabei blickte er Serena voller Entschiedenheit an und schien eine stumme Übereinkunft mit ihr zu treffen.

Wenige Minuten später ging Mr. Patel reumütig und weit weniger selbstsicher als bei der Ankunft zu seinem Lieferwagen zurück. Zahra hing immer noch an ihrem Vater. Serena betrachtete den Garten mit einem Gleichmut, den man bei einem Menschen, dessen schlimmste Befürchtungen sich gerade bestätigt hatten, nicht erwarten würde. Fast sah es so aus, als würde sie meditieren. Dann begriff ich, dass sie sich sehr bewusst um Fassung bemühte – mithilfe einer Technik, die sie erst vor ein paar Wochen von einer Besucherin des Himalaja-Buchcafés gelernt hatte.

Dass Mrs. Wazir hinter der Beschwerde bei der Gesundheitsbehörde steckte, beunruhigte Serena sehr. Sie hatte an jenem Nachmittag im Café gearbeitet und musste sich nach dem Besuch des Inspektors vom unerschütterlichen Kusali vertreten lassen, da der Umstand, zur persönlichen Zielscheibe von Mrs. Wazir geworden zu sein, die sonst so gleichmütige Serena bis ins Mark getroffen hatte.

Serena saß tief in Gedanken versunken auf der hinteren Bank neben der Küche und damit auch gleich neben meinem Zeitschriftenregal, als Ani Drolma dem Café einen ihrer seltenen Besuche abstattete. Trotz ihres tibetischen Namens war Ani Drolma Engländerin. Mit Anfang zwanzig hatte sie den Himalaja bereist und beschlossen, für immer zu bleiben. Berühmt war sie dafür geworden, dass sie über ein Jahrzehnt lang allein in einer Höhle oberhalb der Schneefallgrenze meditiert hatte. Vor ein paar Jahren hatte Ani-la, wie man sie auch liebevoll nannte, ganz in der Nähe von Dharamsala ein Nonnenkloster gegründet, damit die jungen Frauen aus der Himalaja-Region in den Genuss derselben Ausbildungsmöglichkeiten kommen konnten wie ihre männlichen Altersgenossen. »Ani«, der Name, den sie angenommen hatte, bedeutet auf Tibetisch übrigens »Nonne«. Man tat gut daran, die dürre, kleine Gestalt mit dem rasierten Kopf und der roten Robe nicht zu unterschätzen. Ani Drolma war lebhaft und energisch, und ihre scharfen Augen schienen immer bis auf den Grund der Dinge zu blicken. Doch auch ihr Mitgefühl kannte keine Grenzen.

»Wie geht es deiner werten Mutter?«, fragte sie, als sie sich Serena näherte. Diese stand auf, und die beiden Frauen umarmten einander herzlich. »Ich habe gehört, dass sie im Krankenhaus war.«

»Danke, schon viel besser«, sagte Serena. Mrs. Trinci und Ani-la kannten sich bereits seit Langem. »Sie nimmt Betablocker gegen den Bluthochdruck. Und sie meditiert regelmäßig.«

»Ausgezeichnet!« Ani-las Augen leuchteten. »Das wird ihr guttun.«

»Tut es schon.«

»Und wie geht es *dir*, meine Liebe?«

»Ach, äh, eigentlich ganz gut«, gab Serena zurück und senkte den Blick. »Nur dass ich gerade etwas erfahren habe, was mich ziemlich beunruhigt.« Serena wusste genau, dass sie Ani nichts vormachen konnte.

Die Nonne betrachtete sie eingehend und sagte dann: »Gib mir einfach Bescheid, wenn ich irgendetwas für dich tun kann. Und pass in der Zwischenzeit auf deinen Geist auf.«

Dabei fiel mir ein, was Yogi Tarchin Serena erst vor wenigen Tagen gesagt hatte: dass es gerade in schweren Zeiten von Vorteil sei, beim Meditieren den Geist genau zu beobachten.

Offenbar dachte auch Serena an diesen Hinweis. »Was das betrifft, wäre ich für einen konkreten Tipp sehr dankbar.«

Ani Drolma hob die Augenbrauen.

»Eine Meditation zur Beobachtung des Geistes habe ich schon seit Jahren nicht mehr gemacht. Ob du mir wohl etwas auf die Sprünge helfen könntest?«

»Natürlich.« Die Nonne deutete auf die Bank. »Sollen wir uns setzen?«

Die Anleitung zu dieser Meditation war mir bereits bekannt, denn nicht nur der Dalai Lama erteilte sie, auch Geshe Wangpo hatte sich in einer seiner wöchentlichen Unterrichtsstunden damit befasst. Inzwischen wusste ich allerdings auch, dass jeder Lehrer sein Wissen auf andere Weise präsentiert und dadurch für neue Einsichten sorgt, sodass selbst wohlbekannte Praktiken in einem neuen Licht erscheinen können. Da Ani Drolma lange Jahre in einsamer Meditation verbracht hatte, war ich neugierig, was sie zu diesem Thema zu sagen hatte. Glücklicherweise war ich genau zum richtigen Zeitpunkt auf dem Zeitschriftenregal, sodass auch ich ihrer enormen Weisheit teilhaftig wurde.

»Zunächst musst du dich auf deinen Atem konzentrieren, um den Geist zur Ruhe zu bringen«, sagte sie, sobald sie sich am Tisch gegenübersaßen und Serena eine Kanne Tee bestellt hatte.

»Als Meditationsobjekt ist die Atmung besonders gut geeignet, weil sie so leicht zu erspüren ist. Sobald sich dein Geist dann einigermaßen beruhigt hat, also etwa nach fünf bis zehn Minuten, richtest du deine Aufmerksamkeit auf ihn selbst.«

»Aber wann immer ich das versuche, schwirren mir gleich tausend Gedanken durch den Kopf ...«

Ja, diese Erfahrung hatte ich auch gemacht.

»Klar, das ist ganz normal.« Ani Drolma nickte. Dann beugte sie sich vor, und ihre Augen glänzten. »Aber im Unterschied zu anderen Formen der Meditation betrachten wir hierbei diese Gedanken nicht als Ablenkung.«

»Nicht?« Serena runzelte verwirrt die Stirn.

»Die Gedanken, die aus dem Geist emporsteigen, sind wie die Wellen des Ozeans. Wenn wir auf einer Klippe sitzen und beobachten, wie eine Welle aufsteigt, einen Kamm bildet und sich dann am Strand bricht, wissen wir, dass diese Welle das Meer ist. Zwar lässt sie sich einen Moment lang deutlich vom übrigen Ozean unterscheiden, dennoch ist sie ein Teil von ihm. Genauso verhält es sich mit« deinen Gedanken. Entscheidend ist« – Ani-la machte eine gewichtige Pause –, »dass wir uns nicht auf diese Gedanken einlassen, wie wir es sonst tun. Hier geht es vielmehr darum, den Gedanken als Gedanken zu beobachten.«

Serena hing förmlich an ihren Lippen.

»Wenn also ein Gedanke auftaucht, müssen wir üben, ihn zu erkennen, zu akzeptieren und dann loszulassen.«

»Und wenn sofort der nächste Gedanke kommt?«

Ani Drolma lächelte. »Dann verfährst du mit ihm genauso. Erkennen. Akzeptieren. Loslassen. Weißt du, der Mensch hängt an seinen Gedanken. Sobald er einen hat, muss er sich damit beschäftigen. Wir lassen uns vollkommen von unserem Denken in Anspruch nehmen, egal, worum es geht. Egal, wie sehr es uns schadet.«

Serena spitzte die Lippen. »Das kann ich gut nachvollziehen«, sagte sie. »Viele Gedanken, die ich habe, machen mich unglücklich. Aber ich kann sie nicht loslassen.«

Ani Drolma berührte ihre Hand. »Umso wichtiger ist es, den Geist im Auge zu behalten. Damit wir die Gedanken in ihre Schranken verweisen können. Ein Gedanke ist nur ein Gedanke. Eine kurzlebige Vorstellung. Aber keine Tatsache, keine Wahrheit. Alle Gedanken, die du jemals gedacht hast, sind auch wieder verschwunden. Oder etwa nicht?«

Serena nickte lächelnd. »Aber wir verfangen uns in unseren Gedanken. Und dann werden wir unglücklich.«

»›Verfangen‹ ist der passende Ausdruck«, pflichtete ihr Ani Drolma bei. »Denn unser Unglück ist ja zum größten Teil hausgemacht.«

Mir erging es nicht anders. Wie oft hielt ich an Gedanken fest, von denen ich genau wusste, dass sie mich unglücklich machten.

In diesem Augenblick erschien ein Kellner mit einem Teewagen. Er stellte zwei Tassen mit schwarzem Tee und einen Teller mit Gebäck auf den Tisch.

»Nun, die Beobachtung des Geistes scheint tatsächlich ein gutes Mittel zu sein, um den Kreislauf der Negativität zu durchbrechen«, sagte Serena, sobald wir drei wieder unter uns waren.

Nachdem sie ein Schlückchen Tee getrunken hatte, erklärte Ani Drolma: »Es ist erwiesen, dass Meditieren sogar bei chronischen Depressionen helfen kann. Die Neurowissenschaft hat herausgefunden, dass die Inselrinde – also der Teil des Gehirns, in dem die emotionale Bewertung etwa von Schmerzen stattfindet – eng mit den Schaltzentralen verknüpft ist, die im Hirn für das Denken im engeren Sinne zuständig sind. Negative Gedanken führen zu negativen Gefühlen. Und wenn wir uns dann fragen, weshalb wir so unglücklich sind, finden wir darauf nur weitere negative Antworten, Interpretationen und Annahmen …«

»Ein Teufelskreis.«

»Genau. Durch die Meditation kann man diesen Kreis durchbrechen. Sicher, am Anfang mögen die vielen Gedanken noch verwirrend sein. Wenn wir aber lange genug trainieren, uns nicht auf sie einzulassen, verschwinden sie allmählich.«

»Und was bleibt dann übrig?«

Ani Drolma strahlte übers ganze Gesicht. »Der Geist an sich!«

Serena quittierte Anis Begeisterung mit verzagter Miene. »Bei den wenigen Gelegenheiten, bei denen mein Geist zur Ruhe kam, habe ich, nun ja, gar nichts bemerkt.«

»Dann bist du auf dem richtigen Weg!« Wieder drückte Ani Drolma ihre Hand. »Halt dich an dieses ›Nichts‹ und warte ab, was passiert.«

»Du meinst, das Nichts verändert sich?«

»Was sich definitiv ändert, ist, wie du es erlebst. Oder glaubst du etwa, die vielen einsamen Jahre in meiner Höhle wären als eine Art Belastungsprobe gedacht gewesen? Eine Übung in Masochismus?« Sie kicherte.

Ja, ich hatte mich auch schon gefragt, warum wohl Ani Drolma und ähnlich Gesinnte so viele Jahre der Abgeschiedenheit auf sich nahmen. Die Yogis, die den Dalai Lama in seinem Büro besuchten, wirkten nicht gerade wie hartgesottene Typen. Man spürte zwar eine gewisse Stärke von ihnen ausgehen, vor allem aber beeindruckten sie durch ihre Offenheit. Und nun würde ich aus erster Hand erfahren können, warum das so war.

»Anfangs mag dir dein Geist nur wie eine träge Leere vorkommen, wie eine Leinwand für deine Gedanken. Aber je länger du dich mit ihm beschäftigst, desto mehr wirst du seiner Eigenschaften gewahr: dass die Natur des Geistes Klarheit und Licht sind. Deine innere Ruhe wird größer und du fühlst dich wohler. Anfänger halten die Meditation oft nur für eine Wahrnehmungsübung, doch sie ist zugleich ein Gefühl, ein Daseinszustand. Unser Bewusstsein hat keine Grenzen. Sein natürlicher Zustand ist strahlendes dauerhaftes Glück. Wenn wir dies erfahren, wird uns schnell klar, dass wir mehr sind als nur das.« Sie deutete auf ihren Körper. »Wir begreifen, dass unsere wahre Natur eine ganz andere ist.«

Serena dachte lange über Ani Drolmas Worte nach. »Vielen herzlichen Dank«, sagte sie schließlich. »Mich mit jemandem unterhalten zu können, der so viel Meditationserfahrung hat wie du, empfinde ich als echtes Privileg.«

»Nett, dass du das sagst. Danke, Serena«, entgegnete Ani Drolma. »Ich hoffe, du übst weiterhin so engagiert.« Serena nickte. »Die Unruhe loszulassen, die unseren Geist vernebelt, ist unsere einzige Aufgabe. Wir müssen die wahre, reine Natur unseres Verstandes erkennen. Das nützt uns nicht nur bei der Meditation selbst, sondern auch in schwierigen Lebenslagen.«

Serena starrte auf das Eiscremepapier auf dem Boden der Veranda. Dabei atmete sie gleichmäßig und wirkte entspannt. Offenbar folgte sie Ani Drolmas Anweisung und löste sich von den vielen Gedanken, die das Geständnis des Bauunternehmers bei ihr hervorgerufen hatte, der soeben seinen Lieferwagen anließ und losfuhr. Einige Sekunden später rumpelte das Gefährt die Einfahrt hinab.

»Zahra wollte sich noch den Brunnen auf der anderen Seite des Gartens ansehen«, sagte sie nach einer Weile. »Willst du ihn ihr zeigen, bevor es zu spät wird?«

Sid stand auf, nahm die Hand seiner Tochter und warf Serena einen dankbaren Blick zu. Offenbar hatte sie diesen Vorschlag nur gemacht, damit Vater und Tochter etwas Zeit miteinander verbringen und in Ruhe über alles reden konnten.

Ich musste die beiden natürlich begleiten. Schließlich bin ich eine Katze.

Zahra schmiegte sich an ihren Vater, als sie gemeinsam über den Rasen gingen und sich allmählich vom Haus entfernten. Nach ein paar Schritten drückte Sid Zahra tröstend an sich.

»Was ist denn, meine Rosenblüte?«, fragte er, nachdem sie länger geschwiegen hatte.

»Oma.«

»Du weißt doch, dass das, was zwischen Oma und mir passiert ist, schon sehr lange her ist. Das hat nichts mit dir zu tun.«

Sie gingen weiter. »Aber sie war böse zu Serena«, sagte sie dann. »Und zu der kleinen Rinpoche.«

»Woher weißt du das?«

»Das hat einer der Kellner im Café gesagt. Ich hab ihn belauscht. Sag: Warum hasst Oma Serena so sehr?«

»Sie hat sie ja noch nicht mal kennengelernt. Und weil sie sie nicht kennt, kann sie sie auch nicht hassen. Nicht persönlich jedenfalls.«

»Zu mir ist Oma immer nett. Wieso ist sie dann so gemein zu dir und zu Serena? Und zu Rinpoche?«

Sid drückte ihre Schultern. »Ach, das kriegen wir schon hin. Dein Verhältnis zu Oma hat damit gar nichts zu tun.«

»Aber genau darum geht es doch«, sagte Zahra und löste sich von ihm. »Das glaube ich nämlich nicht.«

»Warum?« Sid sah sie an. Sie wirkte todunglücklich.

»Sie hat Mr. Patel gezwungen, langsamer zu arbeiten, damit wir nicht einziehen können. Ich glaube, das hat sie nur gemacht, damit du mich in den nächsten Ferien zu ihr fahren lässt.«

Statt den Brunnen steuerte Sid ein kleines Tannenwäldchen am Rande des Grundstücks an. »Hat sie dir das so gesagt?«

»Nein.« Zahra schüttelte den Kopf. »Aber ich glaube, es hat etwas mit dem Geheimnis zu tun.«

»Ach so …« Sid blieb stehen. »Deshalb hast du mich vorhin gefragt, ob man Geheimnisse immer für sich behalten muss.«

Zarah legte die Hände vors Gesicht. Tränen liefen durch ihre Finger.

Wieder legte Sid seine Arme um sie und drückte sie fest an sich.

»Du bist meine kleine Rosenblüte, und ich bin dein Vater. Du bist zu jung, um Geheimnisse vor mir zu haben. Jedenfalls keine großen. Kleine Geheimnisse, zum Beispiel, was du mir zum Geburtstag schenken willst – das ist was anderes. Aber alles Wichtige muss ich erfahren. Ich bin schließlich für dich verantwortlich.«

Zahras kleiner, an seine Brust geschmiegter Körper bebte mit jedem Schluchzer. Sid streichelte ihr beruhigend den Rücken.

»Oma hat gesagt, dass ich keinen Kuchen und kein Eis essen darf, weil ich abnehmen muss.«

»Wie kommt sie denn auf so eine Idee?«

»Bei der Anprobe hat sie gemeint, dass mir ein paar Pfunde weniger guttun würden.«

»Was für eine Anprobe?«

»Na ja, ich soll doch hübsch sein, wenn sie mich Gurinder Panesar vorstellt.«

Sid erstarrte kurzzeitig. Dann strich er ihr das Haar aus dem Gesicht.

»Kennst du ihn?«, fragte sie.

»Gehört er nicht zu den Panesars aus Darjeeling?«

Sie nickte.

»Nun, ich kenne die Familie, eine sehr mächtige und einflussreiche indische Dynastie aus der Kriegerkaste. Wahrscheinlich hat dir Oma erzählt, was für ein toller Junge dieser Gurinder ist und was für einen guten Ehemann er mal abgeben wird.«

»Das ist doch das Geheimnis! Wie bist du darauf gekommen?«

»Deine liebe Großmutter wollte auch für deine Mutter eine Hochzeit arrangieren. Um das Ansehen der Familie zu erhöhen. Doch stattdessen hat deine Mutter mich geheiratet. Aus Liebe.«

»Aber Oma kann mich doch nicht zwingen, jemanden zu heiraten, oder?«, fragte Zahra und sah zu ihm auf. Offensichtlich begann sie erst jetzt die finsteren Pläne ihrer Großmutter zu durchschauen.

Sid nahm ihre Hände und erwiderte ihren Blick mit unbedingter Hingabe. »Nein, das kann sie nicht«, sagte er. »Jetzt nicht mehr.«

An diesem Abend saß ich auf dem Fensterbrett und betrachtete den Sonnenuntergang. Seine Heiligkeit saß am Schreibtisch und erledigte die Korrespondenz, während ich den ereignisreichen Besuch in Tara Crescent Nummer 21 noch einmal Revue passieren ließ. Das schöne, geräumige Haus mit dem Türmchen zu durchstreifen hatte Spaß gemacht.

Irgendwie war mir so, als würde es bald eine wichtige Rolle in meinem Leben spielen. Und dann Zahra: diese starke Verbindung zwischen uns, die wir von der ersten Sekunde an gespürt hatten! Doch in erster Linie kreisten meine Gedanken um meine Freundin Serena und die Vorfälle, die Mrs. Wazirs Intrigen aufgedeckt, aber zugleich auch dafür gesorgt hatten, dass sie ihr Ziel nicht würde erreichen können.

Nach dem Spaziergang durch den Garten hatte Zahra Serena das zuvor verschmähte Eis förmlich aus den Händen gerissen und war damit durch das Haus spaziert, während sich Sid und Serena leise unterhielten. Eiskalte, bisher ungekannte Wut funkelte in Sids Augen, als er Serena von Mrs. Wazirs Machenschaften erzählte. Doch damit, verkündete er mit fester Stimme, sei jetzt Schluss. Weder würde er zulassen, dass man seine Tochter verheiratete, noch war er bereit, weitere Demütigungen einzustecken.

Serena war aufgestanden, um ihn zu umarmen. Als sie ihn umschlungen hielt, zeichnete sich Erleichterung auf ihrem Gesicht ab. Und das nicht etwa, weil der Moment sie so ergriffen hätte, sondern weil sie alles losließ, was sie in diesem Augenblick fühlte, hörte und sah. Ani Drolmas Rat hatte ihr Verständnis dafür vertieft, dass ein Gedanke *nur ein Gedanke* und nicht die Wahrheit ist – und damit nicht wert, sich darin zu verfangen.

∞

An der Tür Seiner Heiligkeit klopfte es leise. Der Dalai Lama sah vom Schreibtisch auf, ich vom Fensterbrett. Oliver stand in der Tür. »Ihr wolltet dieses Buch sehen, Eure Heiligkeit?« Er hatte eine Neuerscheinung über Quantenphysik mitgebracht.

»Sehr gut, vielen Dank.« Seine Heiligkeit nahm das Buch lächelnd entgegen und betrachtete den Einband.

»Hast du es gelesen?«

»Teilweise.«

»Taugt es was?«

»Ein paar interessante Einsichten hat es zu bieten.« Oliver zögerte, bevor er weitersprach. »Besonders beeindruckt hat mich ein Zitat von Erwin Schrödinger. Es ging ungefähr so: ›Das Weltbild jedes Menschen bleibt stets ein Konstrukt seiner Gedanken und der Nachweis, dass es auch jenseits davon existiere, kann nicht geführt werden.‹ Ich glaube, damit will er sagen, dass wir die Dinge ändern können, wenn wir unsere Einstellung zu ihnen ändern.«

Der Dalai Lama dachte mit ernster Miene darüber nach. Dann stand er auf, ging zum Fensterbrett und setzte sich neben mich.

»Schönes Zitat«, sagte er. »Aber mir persönlich gefällt die Version des Buddhas besser: ›Es ist unser Geist, der die Welt erschafft.‹«

Oliver hob die Augenbrauen. »Der gleiche Grundgedanke, nur prägnanter formuliert.«

Seine Heiligkeit kicherte und streckte die Hand aus, um mich zu kraulen. »Und präziser«, sagte er. »Buddhas Version schließt auch die *Sem Chens* mit ein – nicht nur den Geist der Menschen.«

»Ah, ich verstehe.« Oliver lächelte.

»Möge die Welt, die der Geist unserer kleinen Schneelöwin und der aller Lebewesen erschafft, eine glückliche sein«, flüsterte der Dalai Lama so leise, als würde er beten.

Oliver blieb in der Tür stehen. »Wolltet Ihr dieses Buch aus einem bestimmten Grund?«

»Allerdings«, sagte der Dalai Lama und nickte. »Ich studiere das Terma, das wir vor Kurzem erhalten habe. Und je länger ich darin lese, umso mehr Parallelen zur Quantenphysik finde ich. Ich glaube, es wird sich als eine der bedeutendsten Entdeckungen der jüngeren Geschichte herausstellen ...«

Neuntes Kapitel

Es war einer dieser strahlenden Himalaja-Morgen, an denen der Himmel tiefblau und die von den eisigen Gipfeln strömende Luft so frisch ist, dass sie zu funkeln scheint. Ich saß auf dem Aktenschrank und sah Tenzin und Oliver bei der Erledigung ihrer Arbeit zu.

»Und damit wären auch die Daten von Sera, Ganden und Drepung erfasst«, verkündete Tenzin und schob den dicken Stapel mit Computerausdrucken beiseite, den er soeben durchgesehen hatte. »Das muss gefeiert werden.«

Oliver, der gegenüber auf Chogyals ehemaligem Platz saß, hob den Kopf und grinste. »Du magst jetzt vielleicht denken, dass ich nicht alle Tassen im Schrank habe, aber das hier macht mir richtig Spaß. Mal was anderes.«

»Die Arbeit ist Feier genug, meinst du?«, fragte Tenzin provokant.

»Nun …« Oliver zwinkerte. »So weit würde ich dann auch wieder nicht gehen!«

Zwei Wochen zuvor hatte der Dalai Lama die beiden in sein Büro gerufen.

»Es heißt ja immer, niemand sei unersetzlich, aber für Chogyal haben wir tatsächlich noch keinen Ersatz gefunden«, eröffnete der Dalai Lama das Gespräch.

»Keine leichte Aufgabe«, gestand Tenzin verlegen. Er war für die Suche nach einem neuen Assistenten zuständig, der den Dalai Lama in spirituellen Fragen beriet. Doch bisher hatte er noch keinen Kandidaten finden können, der über die seltene Kombination aus Organisationstalent, Sozialkompetenz und ruhiger Autorität verfügte, die für diesen Posten vonnöten war.

»Ich weiß, dass du einen Großteil seiner Arbeit übernommen hast«, sagte der Dalai Lama, »aber die nächste Zählung steht ins Haus, und dabei wirst du Hilfe brauchen.«

Tenzin nickte. Alle zwei Jahre fand eine große Zählung innerhalb der *Sangha*, also der buddhistischen Gemeinschaft, statt, an der alle Klöster Indiens und der Himalaja-Region teilnahmen. Die Daten wurden an den Namgyal geschickt und dort analysiert – ein Mammutprojekt, das Chogyal stets mehrere Wochen lang rund um die Uhr beschäftigt hatte.

»Oliver, willst du nicht mithelfen?«, fragte Seine Heiligkeit den Dolmetscher und Übersetzer. »Dazu brauchst du zwar keine Sprachkenntnisse, aber es könnte dich trotzdem interessieren.«

»Ich helfe gern, womit auch immer Ihr mich betraut«, sagte Oliver. »Und wenn Ihr erlaubt, würde ich die Übersetzung der Tsongkhapa-Kommentare diesem vielversprechenden jungen Mönch aus Ladakh anvertrauen.«

Oliver hatte schon vor mehreren Monaten einen sprachbegabten jungen Mönch als Assistenten unter seine Fittiche genommen.

»Und du betreust ihn?«, fragte Seine Heiligkeit.

»Ja.«

Der Dalai Lama sah die beiden Männer gleichmütig an. »Ich hoffe, dass ihr einigermaßen miteinander auskommt.«

Tenzin und Oliver nickten und warfen sich dann einen amüsierten Blick zu.

Seit Oliver zum offiziellen Dolmetscher Seiner Heiligkeit berufen worden war, hatten sie sich des Öfteren gegenseitig in ihren Büros besucht und auch außerhalb der Arbeitszeit einiges miteinander unternommen. Zum Beispiel waren sie gemeinsam bei der Soiree gewesen. Ein andermal hatten sie sich ein Spiel der örtlichen Kricketmannschaft angesehen. Und vor zwei Wochen waren die beiden nach Delhi gefahren, um einer Sonderaufführung von Gilbert und Sullivans komischer Oper *Der Mikado* beizuwohnen.

Bereits wenige Tage nach dem Gespräch mit dem Dalai Lama hatte Oliver Chogyals Platz im Büro eingenommen. Er studierte Tabellen, tippte Daten in seinen Computer, prüfte ihre Genauigkeit und verglich sie mit den Ergebnissen vergangener Zählungen.

»Wenn wir das automatisieren würden, könnten wir viel Zeit sparen und das menschliche Versagen minimieren – also *mein* Versagen«, meinte Oliver am zweiten Tag und schob seinen Stuhl zurück.

Tenzin sah ihn über den Rand seiner Brille hinweg an. »Das hat Chogyal auch immer gesagt. Nur werden wir nie alle Klöster dazu bringen, dieselbe Software zu verwenden.«

»Kompatibilitätsprobleme?«

»Genau.«

»Glaubst du nicht, dass ein Befehl von ganz oben die Sache regeln könnte?«, fragte Oliver und deutete mit dem Kopf auf das Büro Seiner Heiligkeit.

»Das und jede Menge Diplomatie. Wir sind ja schon auf das Wohlwollen der Äbte angewiesen, damit sie uns die Daten überhaupt zur Verfügung stellen. Und wenn wir dann auch noch das Format bestimmen wollen …«

»Na ja, wenn einer das schafft«, bemerkte Oliver, »dann du.«

»Hmmm …«, brummte Tenzin und widmete sich wieder seinen Tabellen.

∞

Die beiden gingen gerade die Ausdrucke der Zählungsergebnisse durch, als Tenzin sich plötzlich zum offenen Fenster neben dem Aktenschrank herumdrehte und leicht den Kopf hob.

Im selben Augenblick roch ich es auch. Kein Zweifel. Dieser Duft war unverwechselbar.

Wir tauschten einen Blick.

»Mrs. Trinci?«, fragte Tenzin.

Oliver warf einen Blick auf den Kalender in seinem Computer. »Heute wird eine russische Delegation zum Mittagessen erwartet ...«

Tenzin schob den Stuhl zurück, stand auf und ging zur Tür. »Das wäre ihr erster Einsatz nach dem Herzinfarkt«, sagte er.

Ich sprang vom Aktenschrank über den Schreibtisch auf den Boden und folgte ihm, so schnell es meine wackeligen Beine zuließen.

»Woher willst du überhaupt wissen, dass sie hier ist?«, fragte Oliver.

»Ich habe ihre berühmten Schokoladenkekse gerochen«, sagte Tenzin. »Und dem gehe ich jetzt mal nach.« Er trat in den Flur. »Wenn es tatsächlich welche gibt, bringe ich ein paar mit.«

»Wir wollten ja sowieso feiern«, rief ihm Oliver in Erinnerung.

»Oder zumindest ein zweites Frühstück zu uns nehmen!«, gab Tenzin zurück.

Oliver kicherte.

∞

Kurz darauf folgte ich Tenzin in die Küche im Erdgeschoss. Und tatsächlich: Mitten im Raum stand Mrs. Trinci. Zu meiner Überraschung war auch Serena da. Sie schnippelte gerade Gemüse.

»Mrs. Trinci!« Tenzin ging mit ausgestreckter Hand auf die Köchin zu. Selbst unter guten Freunden blieb Tenzin so sehr Diplomat, dass die Begrüßung fast etwas Formelles hatte.

»Mein lieber Tenzin!« Mrs. Trinci ignorierte seine ausgestreckte Hand, zog ihn an sich und küsste ihn auf beide Wangen.

»Schön, dass ich der Erste sein darf, der Sie zu Ihrer Rückkehr beglückwünscht. Serena war ja so nett, Sie während Ihrer Abwesenheit zu vertreten. Trotzdem haben wir Sie sehr vermisst.«

In diesem Augenblick bemerkte Mrs. Trinci eine flauschige graue Schwanzspitze hinter der Kücheninsel. »O, *dolce mio*, meine Kleine! Willst du mich auch begrüßen?«, säuselte sie.

Ich lief zu ihr, strich um ihre Beine und schnurrte erfreut.

»Sehen Sie?«, sagte Tenzin, als hätte meine Ankunft seine Worte bestätigt. »Sie wurden schmerzlich vermisst – und nicht nur von uns Menschen.«

Mrs. Trinci hob mich auf die Arbeitsfläche, kraulte mich überschwänglich und erinnerte mich mit liebevollen Worten an all die vielen Gründe, aus denen ich ihre *tesorina* war – ihr Schätzchen. Zum ersten Mal seit Wochen konnte ich sie genauer betrachten. Etwas hatte sich verändert. Nicht allein, dass sie weniger Mascara aufgetragen und nur ein goldenes Armband statt eines ganzen Schlagzeugs trug – sie verhielt sich auch anders. Sie war so freundlich und geschäftig wie immer, strahlte aber zugleich eine gewisse Ruhe aus. Eine bedächtige Konzentration, die ich so noch nie an ihr wahrgenommen hatte.

»Natürlich freue ich mich auch, *dich* zu sehen, Serena«, meinte Tenzin.

»Ganz wie in alten Zeiten.«

»Ja, meine Tochter …«, flötete Mrs. Trinci.

»Ich habe ihr meine Hilfe zwar sehr gern angeboten«, sagte Serena, »hätte aber nie gedacht, dass sie sie auch annimmt – so starrköpfig, wie sie sonst immer ist.«

»Tja, ich habe mich eben verändert.« Mrs. Trinci zuckte mit den Schultern. »Warum sollte ich es mir unnötig schwer machen, wenn doch meine Tochter eine der besten Köchinnen außerhalb Europas ist?«

»Ach, pffft!« Serena schnitt eine Grimasse.

»Da bin ich ganz Ihrer Meinung«, meinte Tenzin.

»Na ja, jedenfalls bin ich zu dem Schluss gekommen, dass ich mir nichts mehr beweisen muss«, fuhr Mrs. Trinci fort.

»Nein, das ist nun wirklich nicht nötig«, versicherte ihr Tenzin. Dann warf er einen Blick auf die goldgelben Kekse im Ofen.

»Möchten Sie sich einen Teller voll mit ins Büro nehmen, Tenzin?«, fragte Mrs. Trinci und quittierte seinen begehrlichen Blick mit einem Lächeln.

»Aber nur, wenn …«

Serena hatte bereits die Ofentür geöffnet und ein Blech mit perfekt gebackenen, wunderbar duftenden Keksen herausgeholt.

»Vorsicht«, meinte sie, während sie eine ordentliche Portion mit einer Spachtel auf einen Teller schaufelte. »Die Schokoladenfüllung ist noch sehr heiß.«

Und so feierten Tenzin, Oliver und ich kurze Zeit später bei Tee und Keksen auf dem Balkon der VIP-Lounge zwischen dem Assistentenbüro und den Gemächern Seiner Heiligkeit. Der Balkon des Raumes, in dem die Besucher auf ihre Audienz warteten, wurde nur selten genutzt. Und da der Dalai Lama den ganzen Morgen über im Kloster sein würde, bot dieser Ort mit seinem fantastischen Ausblick auf die umgebenden Wälder maximale Entspannung.

Tenzin hatte den Tee korrekt zubereitet: Erst hatte er die Kanne vorgewärmt, dann fünf gehäufte Teelöffel Ceylon-Mischung mit kochendem Wasser übergossen, den Tee eine angemessene Zeit ziehen lassen, die Kanne erst in die eine und dann in die andere Richtung geschwenkt und schließlich den Tee durch ein Sieb in die Tassen gegossen. Währenddessen hatte mir Oliver einen Unterteller mit Milch hingestellt.

Und nun saßen wir also an der frischen Luft und genossen Tee und Gebäck mit der kontemplativen Achtsamkeit wahrer Feinschmecker.

Sobald die Männer ihre Kekse gegessen hatten, wischte sich Oliver die Hände an einer Serviette ab und öffnete einen Ordner auf seinem Schoß.

»Die Daten des Herne-Hill-Klosters sind besonders interessant«, sagte er.

Tenzin sah ihn fragend an. Herne Hill war ein relativ kleines, mehr oder weniger von der Außenwelt abgeschnittenes Kloster, dessen Sangha für ihre Meditationsretreats bekannt war.

»Das Durchschnittsalter ist vierundachtzig«, las Oliver vor.

»Respekt«, meinte Tenzin.

»Das höchste aller an der Zählung beteiligten Klöster.«

»Ich war vor ein paar Jahren mal dort«, sagte Tenzin. »Und natürlich hatten die Mönche Falten, aber von ihrem Auftreten und ihrer Vitalität her hätten es genauso gut junge Männer sein können. Ein interessantes Beispiel dafür, was geschieht, wenn man die Leute ungestört meditieren lässt.«

Oliver nickte. »Wir im Westen tun uns ja sogar noch mit der Erkenntnis schwer, dass das Bewusstsein den Körper beeinflusst. Kürzlich aber haben Studien ergeben, dass Meditieren den Alterungsprozess verlangsamt und sowohl die Telomeraseaktivität steigert als auch die Fähigkeit der DNA, sich selbst zu reparieren. Und alle diese Faktoren addieren sich eben zu einem Durchschnittsalter von … vierundachtzig Jahren!«

Tenzin kicherte. »Im *Durchschnitt*«, betonte er. »Was bedeutet, dass die Hälfte der Mönche noch älter ist.«

Eine Weile lang war nur meine Zunge zu hören, die auf der Jagd nach dem letzten Milchtropfen über den Unterteller rieb und ihn mit leichtem Klirren gegen ein

Bein von Olivers Stuhl stieß. Er streckte den Arm aus und kraulte mich.

»Was ich mich frage«, sagte Tenzin, »ist, warum sich die Westler eigentlich so schwertun mit der Vorstellung, dass der Geist den Körper beeinflusst.«

»Nun, das, was sie ›Psyche‹ nennen, ist schließlich erst seit etwa hundert Jahren Gegenstand der wissenschaftlichen Forschung«, entgegnete Oliver nach kurzem Nachdenken.

»Also war der Osten zweieinhalbtausend Jahre früher dran?«

»In der Tat. Die westliche Wissenschaft war ganz auf die äußere Welt konzentriert. Lange hielt man den Geist für einen Teil der Seele – und für die war die Religion zuständig. Und als sich die Forscher dann endlich mit dem Bewusstsein zu beschäftigen begannen, glaubten sie zunächst, es sei nichts weiter als eine Gehirnaktivität.«

»Also Geist gleich Gehirn?«, fragte Tenzin.

»Viele Menschen denken immer noch so.«

Oliver hob die Tasse an die Lippen und nippte nachdenklich an seinem Tee. »Das Dumme ist nur, dass diese Theorie nicht wissenschaftlich bewiesen werden kann. So ist etwa nach wie vor ungeklärt, wie Körperzellen in der Lage sein sollten, ein Bewusstsein hervorzubringen. Was mir übrigens genauso irrwitzig vorkommt wie die Behauptung, ein Laptop sei zu Gefühlen fähig.«

»Ich habe mal irgendwo gelesen, man könne bis heute nicht einmal nachweisen, dass die Erinnerungen tatsächlich im Gehirn gespeichert werden.«

»Stimmt. Trotz milliardenschwerer Forschungsprojekte konnte das bislang nicht bewiesen werden. Aber die Theorie hat noch weitere große Defizite. Zum Beispiel berichten Menschen, die aus einem Koma erwacht sind, von sehr lebhaften Erfahrungen, obwohl ihr Gehirn wissenschaftlich gesehen völlig inaktiv war.«

»Was besagte Theorie nicht gerade überzeugender macht«, meinte Tenzin.

»Du wärst überrascht, wenn du wüsstest, wie viele westliche Wissenschaftler trotzdem noch daran festhalten«, sagte Oliver. »Glücklicherweise aber sind auf diesem Gebiet in letzter Zeit gewisse Fortschritte zu verzeichnen. Jüngste Entwicklungen in der Quantenphysik deuten auf faszinierende Parallelen zwischen westlicher Wissenschaft und östlicher Weisheit hin.«

»Tradition trifft auf Moderne.«

»Und die äußere auf die innere Welt«, fügte Oliver begeistert hinzu. »Die buddhistische Definition des Geistes als ›formloses Kontinuum der Klarheit und Erkenntnis‹ erinnert sehr an die quantenphysikalische Theorie, Materie und Energie seien zwei Aspekte ein und derselben Realität. $E = mc^2$.«

Tenzin nickte. »Wenn ich mich richtig erinnere, unterscheidet die Quantenphysik nicht zwischen Subjekt und Objekt.«

»Richtig«, pflichtete ihm Oliver bei. »Das könnte auch erklären, weshalb manche Meditationsmeister nicht nur den Geist steuern können, sondern auch eine gewisse Kontrolle über ihren Körper haben.«

Tenzin nickte. »Weil das eine die Manifestation des anderen ist.«

Die beiden unterhielten sich angeregt weiter, insbesondere über das Bewusstsein und die ihm innewohnenden Heilkräfte. Ich suchte mir ein sonniges Plätzchen zwischen ihren Stühlen und widmete mich der Körperpflege. Oliver erklärte, die Wörter »Meditation« und »Medizin« hätten dieselbe lateinische Wurzel: *medeor*, was so viel heiße wie »heilen« oder »helfen«. Dann führte er aus, dass jeder Gedanke eine bestimmte Energie besitze, die auf die physikalische Welt einwirken könne. Der Placeboeffekt beispielsweise sei ein Beweis für die Kraft der Gedanken.

Solche Unterhaltungen stießen bei mir natürlich auf großes Interesse, schließlich verfügen auch wir Katzen über Geist und Bewusstsein. Und wie beim Menschen wirken sich auch bei uns Gedanken und Gefühle auf die Physis aus. So unterstützt etwa die Frequenz unseres Schnurrens körperliche Heilungsprozesse. Beweist das nicht, dass wir Katzen von Natur aus wissen, wie wir das Bewusstsein zu unserer Heilung einsetzen können? Ob wir aber auch in der Lage sind, mithilfe des richtigen Geisteszustands unsere Lebenserwartung zu erhöhen? Nun, in einer Umgebung, die nicht nur das Lebensnotwendige bereitstellt, sondern auch von aufrichtiger Liebe und Güte erfüllt ist, wird eine Katze mit Sicherheit älter werden als in einer feindseligen Umwelt.

Die beiden lachten gerade über einen Witz, den Oliver gemacht hatte, als ich eine Bewegung im Raum hinter ihnen wahrnahm. Eine rote Robe huschte durch die ge-öffnete Balkontür – und dann stand Seine Heiligkeit per-sönlich vor uns.

Einen Augenblick lang wirkte es so, als hätte der Klas-senlehrer zwei Schüler dabei ertappt, wie sie herumal-berten, statt ihre Aufgaben zu machen. Ich für meinen Teil war gerade bei der empfindlichsten Stelle meiner Körperpflege angelangt und säuberte mir mit erhobe-nem Bein den Intimbereich. Auch mich hatte der Dalai Lama kalt erwischt.

Oliver und Tenzin machten Anstalten, sich zu erheben. Ich ließ das rechte Bein sinken.

»Bitte! Bleibt doch sitzen!« Seine Heiligkeit wedelte mit der Hand.

»Eure Heiligkeit …«, fing Oliver an.

»Wir dachten …«, fügte Tenzin hinzu.

»Ein Meeting ist ausgefallen, deshalb bin ich früher zurück.«

»Wir feiern gerade, dass wir bei der Analyse der Zäh-lung einen entscheidenden Schritt vorangekommen sind.«

»Sehr gut.« Der Dalai Lama nickte, dann deutete er abwechselnd auf die beiden Männer. »Freut mich, dass ihr so gut zusammenarbeitet.«

Ein geheimnisvolles Lächeln umspielte seine Mund-winkel.

Am selben Nachmittag betrat Mrs. Trinci das Büro Seiner Heiligkeit.

»Vielen Dank für das großartige Essen«, sagte der Dalai Lama, nahm ihre Hand und setzte sich auf den Stuhl neben sie. »Unsere Gäste waren ganz begeistert von den … wie sagt man … Blini?«

»*Sì, sì*«, strahlte Mrs. Trinci.

Er runzelte besorgt die Stirn. «Ich hoffe nur, Sie hatten nicht zu viel Stress in der Küche.«

»Aber nein.« Sie schüttelte den Kopf. »In all den Wochen, die ich zu Hause verbracht habe, hatte ich jede Menge Zeit zum Nachdenken. Und da ist mir der Ratschlag eingefallen, den Ihr mir erteilt habt, als ich zum ersten Mal hier kochen sollte.«

Die schöne Erinnerung an frühere Zeiten entlockte beiden ein Lächeln.

»*Semplice*, habt Ihr damals gesagt. Immer ganz einfach.«

Der Dalai Lama nickte.

»Diese ersten Monate waren die schönsten. Wie ich mich freute, wenn ich für den Namgyal kochen durfte. Aber irgendwann habe ich die Einfachheit vergessen. Alles sollte *meglio* sein – immer besser werden. Ich wollte … mich ständig selbst übertreffen. Und erst als ich jetzt zur Ruhe fand, erinnerte ich mich: Weniger ist mehr. Ihr habt nie *complesso* gefordert. *Magnifico!* Ihr habt nie von mir verlangt, Eure Gäste zu beeindrucken!«

Seine Heiligkeit kicherte. »Ganz recht.«

»Also werde ich von nun an alles wieder einfacher halten. Es geht hier nicht um mich oder meine Kochkünste.

Es geht um Eure Gäste. Unkomplizierte, köstliche Mahlzeiten.«

»Sehr gut. Vielen Dank!« Wieder tätschelte der Dalai Lama ihre Hand. »Freut mich, dass Ihnen der Herzinfarkt eine so wichtige Lektion erteilt hat. Sie achten auf Ihren inneren Frieden und Ihr Wohlbefinden. Und auf andere.«

Er legte die Hände zusammen und verbeugte sich. Damit war ihre kurze Unterredung beendet.

Sie standen auf, und Mrs. Trinci ging zur Tür. Kurz davor hielt sie inne.

»Vielen Dank für alles, was Ihr für mich und Serena getan habt, Eure Heiligkeit.«

Seine Güte erfüllte den Raum.

»Wusstet Ihr, dass sie bald ganz in der Nähe wohnen wird? Einfach nur die Straße runter …« Sie deutete in Richtung Villa. »Sie und Siddharta lassen dort ein Haus renovieren.«

Der Dalai Lama nickte. »Ich glaube, sie hat gewisse … Verzögerungen erwähnt.«

»*Sì, sì,* aber damit ist jetzt Schluss. Das hat der Bauunternehmer ganz fest versprochen. In ein paar Wochen findet die Einweihungsfeier statt. Ich weiß ja, dass Ihr normalerweise kaum jemanden zu Hause besucht, aber ich dachte, ich sage Euch trotzdem Bescheid, weil es von hier aus ja nur zehn Minuten sind.«

»Eine Nachbarin sozusagen«, meinte Seine Heiligkeit.

»Für Sid und Serena wäre es eine herrliche Überraschung, wenn Ihr in Erwägung ziehen könntet, das neue Heim zu segnen …«

Eine Woche später klopfte es kurz vor Feierabend an der Tür Seiner Heiligkeit. Tenzin und Oliver erschienen mit den Ausdrucken aller Erhebungsdaten. Die drei Männer saßen geraume Zeit um einen kleinen Beistelltisch herum und waren über die Unterlagen gebeugt. Sie verglichen die letzten Ergebnisse mit denen früherer Erhebungen und wiesen auf einige erstaunliche Entdeckungen hin – unter anderem auch auf die hohe Lebenserwartung der hingebungsvollen Meditationsmeister von Herne Hill.

Nachdem sie die Ergebnisse durchgeackert und sich zurückgelehnt hatten, warf Tenzin Oliver einen Blick zu, als wollte er ihn um seine Zustimmung bitten. Dann räusperte er sich.

»Eure Heiligkeit, wir hätten einen Vorschlag bezüglich der freien Assistentenstelle.«

»Ja?« Seine Heiligkeit nickte auffordernd.

»Bisher ist es nur ein Gedankenspiel. Aber Ihr wisst ja, wie schwierig es ist, einen geeigneten Ersatz für Chogyal zu finden.«

»Allerdings.«

Ich hob den Kopf und sah sie von der Fensterbank aus aufmerksam an. Wer Chogyals Platz einnahm, war nicht nur für den Dalai Lama eine entscheidende Frage, sondern auch für mich. Einige der von Tenzin vorgeschlagenen Kandidaten hatten sich nicht gerade als Katzenliebhaber herausgestellt. Das ehrwürdige Affengesicht zum

Beispiel – diesen Namen hatte ich einem verhutzelten Mönchlein verpasst – hatte mich total ignoriert. Selbst als ich mitten auf seinen Schreibtisch gesprungen war, hatte er noch so getan, als wäre ich gar nicht da.

Und dann erst der große Katzenschreck: ein Berg von einem Mönch, der mir mit seinen Streicheleinheiten beinahe alle Knochen im Leib gebrochen hätte. Eine halbe Stunde in seinem Beisein hatte genügt, damit ich mich künftig vom Assistentenbüro fernhielt, solange seine Stimme durch den Flur dröhnte.

»Die Zusammenarbeit an dieser Analyse hat mir gezeigt, dass ich gewisse Fähigkeiten besitze, die für den spirituellen Berater Seiner Heiligkeit unabdingbar sind«, erklärte Tenzin. »Gleichzeitig eignet sich Oliver aufgrund seiner Sprachkenntnisse für bestimmte Bereiche meines Postens besser als ich selbst.«

»Ich verstehe …«, sagte der Dalai Lama ernst.

»Die Idee ist wirklich noch nicht ausgegoren«, sagte Oliver, »und wir haben auch noch mit niemandem darüber gesprochen. Aber es wäre wahrscheinlich leichter, einen neuen Dolmetscher zu finden …«

»… beispielsweise den jungen Mönch aus Ladahk«, fügte Tenzin hinzu.

»Ich glaube, er würde sich schnell einfinden«, meinte Oliver.

Seine Heiligkeit musterte erst Oliver und dann Tenzin eingehend. »Ein Mönch als Diplomat und ein Laie als spiritueller Ratgeber«, sagte er.

Die beiden Männer tauschten einen Blick.

»Unter normalen Umständen würde das nicht funktionieren«, meinte der Dalai Lama kopfschüttelnd. »Aber bei euch beiden …« Er hielt ihnen die Handflächen hin und grinste. »… passt es hervorragend!«

Oliver und Tenzin entfernten sich. Der Dalai Lama kam zu mir herüber und betrachtete die Dämmerung, die sich über den Innenhof senkte.

»Wie schön, dass sie selbst zu dieser Erkenntnis gekommen sind«, murmelte er und kraulte meinen Nacken.

Ich sah auf und bemerkte den Schalk in seinen Augen. Als das weiseste Wesen von allen sah der Dalai Lama Dinge, die den meisten anderen verborgen blieben – obwohl er seine Erkenntnisse normalerweise für sich behielt. Nur gelegentlich – zum Beispiel jetzt – teilte er eines seiner Geheimnisse mit mir. Wie er etwa andere sanft auf einen Weg lenkte, den er schon vor längerer Zeit als den richtigen erkannt hatte.

»Genau diese Lösung hätte ich ihnen vorgeschlagen«, meinte er, und ich schnurrte zustimmend. »Aber manchmal ist es eben besser, wenn man sie allein findet.«

Also *deshalb* hatte er Oliver gebeten, Tenzin bei der Analyse der Kloster-Daten zu helfen! Weniger zur Entlastung, als um die beiden Männer zur Zusammenarbeit zu bewegen – bis sie zu der Lösung gelangt waren, die ihm schon lange vorgeschwebt hatte. »Geschickte Mittel« sind eine im Buddhismus hoch angesehene Methode, und ich freute mich nicht nur über die Geschicklichkeit des Dalai Lama, sondern auch darüber, dass er mich ins Vertrauen gezogen hatte.

Ich rollte mich herum und streckte alle Gliedmaßen so weit von mir, dass meine Muskeln zu zittern begannen. Besser konnte ich Seiner Heiligkeit mein luxuriös flauschiges Bäuchlein nicht präsentieren.

»Ach, kleine Schneelöwin«, gluckste er und rieb meinen Bauch. »Du weißt ganz genau, wie gern ich das habe.«

Und ob, liebe Leser, und ob!

Geschickte Mittel.

Später am Abend sinnierte ich darüber, wie vieles doch mit einer positiven Einstellung, Geduld und den richtigen Fähigkeiten erreicht werden konnte. Ich ging stets mit dem Dalai Lama zu Bett und stand auch mit ihm auf. Ich saß die meiste Zeit auf seiner Fensterbank. Aber ich hatte ihn noch nie abgespannt, egoistisch, herrisch oder dominant erlebt. Er hatte stets lautere Absichten, und sein Streben galt allein dem Wohle anderer. Aus diesem grenzenlosen Mitgefühl konnten erstaunliche, sogar magische Dinge erwachsen.

Die letzte Audienz Seiner Heiligkeit an diesem Tag war für Geshe Lhundup reserviert.

»Die Resultate der Radiokarbonuntersuchung, der Grafologen und mehrerer hochrangiger Gelehrter sind eingetroffen«, berichtete er freudestrahlend. »Alle sind einhellig der Meinung, dass der Mittelteil des Termas aus der Feder des ›Großen Fünften‹ persönlich stammt.«

»Wunderbar!« Der Dalai Lama grinste über beide Ohren. »Handelt es sich um einen bisher unbekannten Text?«

»In der Tat.« Geshe Lhundup nickte. »Er ist zwar nicht besonders lang, aber er behandelt ein völlig neues Thema. Wir konnten drei verschiedene Verfasser identifizieren. Offenbar hat der ›Große Fünfte‹ die beiden wichtigsten Gelehrten seiner Zeit um einen Beitrag gebeten. Aus je leicht unterschiedlicher Perspektive gaben sie Antwort auf dieselbe Frage.«

»Eine Frage, die heute von großer Bedeutung ist.«

»Ein echtes Terma eben«, pflichtete ihm Geshe Lhundup bei. »Hätte man es vor dreißig Jahren entdeckt, wäre das Dokument seiner Zeit weit voraus gewesen.«

»Ja, ja. Wir müssen uns gut überlegen, was wir damit anstellen. Ich würde gern einige westliche Wissenschaftler konsultieren.« Ich dachte an den Abend, an dem Geshe Lhundup Seiner Heiligkeit eine Kopie des Textes überreicht hatte. Der Dalai Lama hatte sich sofort intensiv damit beschäftigt.

»Anscheinend werden hier Konzepte, die denen der Quantenphysik ähneln, auf die Medizin übertragen.«

»Exakt«, sagte der Dalai Lama. »Obwohl die Wissenschaftler schon lange erkannt haben, dass auch Materie Energie ist, kommt dieses Wissen im medizinischen Bereich erst seit Kurzem zum Einsatz. Demnach geht es nicht darum, den Körper zu heilen, sondern ein Energiefeld.«

»Ich habe den Text sorgfältig studiert. Welche Klarheit! Welche Tiefe!« Geshe Lhundups Begeisterung war ansteckend. »Das dürfte das wichtigste bisher unbekannte Manuskript sein, das zu lesen ich je die Ehre hatte. Es könnte die Medizin in ihren Grundfesten erschüttern!«

Dann sprachen die beiden Männer eingehender über das Manuskript des »Großen Fünften« Ihre Unterhaltung erinnerte mich stark an das Gespräch zwischen Tenzin und Oliver über die hohe Lebenserwartung der meditierenden Mönche von Herne Hill, die sie den Fähigkeiten ihres Geistes zu verdanken hatten. Das Terma führte diesen Gedanken weiter, indem es jedem Gedanken einen biologischen Effekt zuschrieb. Bestimmte Zustände des Geistes können physiologische Veränderungen hervorrufen. Also ist es möglich, Materie nicht nur durch Materie zu beeinflussen, sondern auch durch geistige Energie.

Dann nahm die Unterhaltung eine Wendung, die mich aufhorchen ließ.

»Ihr wisst, dass ich die Metallröhre und die Ledertasche ebenfalls mittels der Radiokarbonmethode habe untersuchen lassen«, sagte Geshe Lhundup. »Nur die Katzenhaare habe ich nicht erwähnt.«

Der Dalai Lama kicherte.

»Trotzdem finden in dem Bericht des Labors auch zwei Schnurrhaare Erwähnung, die ebenfalls analysiert wurden. Demnach ist ein Haar aus der Ledertasche jüngeren Datums und gehört somit höchstwahrscheinlich« – er sah zum Fensterbrett hinüber – »der KSH. Das andere Haar steckte zwischen den Seiten des Manuskripts.«

Seine Heiligkeit hob die Augenbrauen.

»Es ist dreihundertfünfzig Jahre alt.«

»Der fünfte Dalai Lama hatte auch eine Katze?«

»Nicht irgendeine Katze.« Geshe Lhundup beugte sich vor. »In diesem Bericht steht, dass die DNA des alten Schnurrhaars beinahe identisch ist mit der der KSH.«

»Das bedeutet … es war eine ganz ähnliche Katze?«

Geshe Lhundup nickte.

»Eine Himalaja-Katze?«

»Vielleicht sogar eine Vorfahrin der KSH.«

Die beiden Männer drehten sich zu mir um. Ich betrachtete scheinbar teilnahmslos den Innenhof, doch natürlich hatte ich jedes Wort mitbekommen.

In den letzten Wochen hatte ich viel über die Bedeutung meines jüngsten Traums nachgedacht, über die Norbu betreffende verblüffende Offenbarung und den Eindruck, den der geheimnisvolle kräftige Mann hinterlassen hatte, der mich in meinem früheren Leben als Hund des Dalai Lama in Sicherheit gebracht hatte. Das knapp vierhundert Jahre alte Katzenhaar sorgte für eine weitere Erkenntnis: Eine Inkarnation Seiner Heiligkeit aus dem 17. Jahrhundert hatte ebenfalls eine Himalaja-Katze besessen.

Sollte das etwa eine Inkarnation meiner Wenigkeit gewesen sein?

Erst später, als wir schon zu Bett gegangen waren und der Dalai Lama gerade das Licht löschen wollte, bestätig te er meine Vermutung. Er beugte sich zum Fußende des Bettes vor, wo ich auf meiner Lieblingsdecke lag.

»Nun, KSH, jetzt ist es wissenschaftlich erwiesen: Freunde seit Jahrhunderten. Wie glücklich ich mich schätzen kann, einen so treuen Begleiter zu haben.«

Ich schnurrte dankbar in die Dunkelheit. Noch musste ich mich erst an die Vorstellung gewöhnen, dass es bereits zu Lebzeiten Seiner Heiligkeit eine frühere Inkarnation von mir – wenn auch als Hund – gegeben hatte. Und dass wir schon seit Jahrhunderten Freunde waren, kam ebenfalls überraschend. Zumindest ließ es mich mein gegenwärtiges Leben aus einer viel umfassenderen Perspektive betrachten.

Als Teil einer größeren Geschichte begriffen, wirkt das Leben gleich ganz anders. Es gewinnt an Bedeutung, wenn in einem Leben geschaffene Ursachen Auswirkungen auf das nächste haben. Ganz besonders Ursachen wie die Meditation und die Erkenntnis, dass man sein Bewusstsein selbst steuern kann.

»Ganz genau, kleine Schneelöwin«, flüsterte der Dalai Lama. »Wir leben verschiedene Leben, wachsen und verändern uns in jedem von ihnen. Eines aber wird sich nie ändern: Du und ich, wir werden immer Freunde sein.«

Zehntes Kapitel

Unten im Himalaja-Buchcafé wuchs die Vorfreude auf ein Ereignis, das sich zum gesellschaftlichen Highlight des Jahres zu entwickeln schien: die Einweihungsfeier von Serena und Sid.

Seit jener schicksalhaften Unterredung mit Mr. Patel wurde fieberhaft an der Villa gearbeitet. Plötzlich wimmelte es im Haus vor Schreinern, Elektrikern, Stuckateuren und Raumausstattern. Mr. Patel, fest entschlossen, den neuen, sehr straffen Terminplan einzuhalten, überwachte die Bauarbeiten mit Argusaugen.

Sogar die Küchenarmaturen trafen ein – und zwar genau die, von denen Mr. Patel behauptet hatte, sie wären nahezu unmöglich aufzutreiben. Alles wurde anstandslos geliefert und eingebaut. Die Zimmer wurden renoviert und frisch gestrichen, die Stufen zum Turm in Windeseile repariert. Bisher hatte nur Sid den Turm betreten dürfen. Als Herr des Hauses wollte er es sich keinesfalls nehmen lassen, das Turmzimmer persönlich einzurichten, um Serena und Zahra zu überraschen.

»Da zeigt sich mal wieder der Maharadscha in ihm«, witzelte Serena.

Auch das Personal des Himalaja-Buchcafés fieberte der Einweihungsfeier entgegen. Alle mussten mit anpacken, und zum ersten Mal in seiner Geschichte würde das Lokal an einem Samstagabend geschlossen bleiben. Jigme und Ngawang Dragpa, die beiden Köche, sollten in der Villa die Kanapees zubereiten, kleine Köstlichkeiten, wie sie auch im Londoner Buckingham Palace hätten serviert werden können. Kusali und seinem Team erfahrener Kellner würde es obliegen, die Tabletts mit den erlesenen Häppchen herumzureichen.

Franc kümmerte sich unterdessen um die Planung des Unterhaltungsprogramms. Mehr als einmal suchten er und Ewing Klipspringer dafür die Villa auf, um den Flügel auszuprobieren und etwaige logistische Probleme zu lösen. Die beiden waren partout nicht bereit, Serena in ihre Pläne einzuweihen. Nur dass »alle Anwesenden tief berührt« sein würden, versicherten sie ihr, ansonsten hüllten sie sich in Schweigen.

Im Falle der Familie Wazir gab es eine interessante Wendung: Wie Serena erzählte, hatte Sid seine ehemalige Schwiegermutter angerufen, um sich ihre Intrigen ein für alle Mal zu verbitten. Der Schreck darüber, dass er sie durchschaut hatte, verschlug ihr wohl im ersten Moment die Sprache. Doch dann akzeptierte sie Sids Bedingungen. Wenn sie ihre Enkeltochter je wiedersehen wollte, würde sie von nun an nach seinen Regeln spielen müssen.

Als Zahra am folgenden Wochenende ihre Großmutter anrief, zeigte sich die ältere Dame reserviert. Das erfuhr ich aus erster Hand, denn ich saß auf Zahras Schoß, als sie von dem Gespräch berichtete. Wie jedes Wochenende, wenn sie nicht im Internat war, hatte sie dem Café am Samstagnachmittag einen Besuch abgestattet. Kurz nach ihrer Ankunft saßen Zahra und ich schon auf einem Sofa im Buchladen. Serena hatte gegenüber Platz genommen, und die beiden sprachen über das wichtigste Thema überhaupt: was sie zur Einweihungsfeier anziehen sollten. Mehrere Alternativen wurden diskutiert und verworfen. Dann schlug Serena für den späteren Nachmittag einen Einkaufsbummel vor, um dringend benötigte Accessoires zu besorgen.

Irgendwann kam dann auch Zahras Anruf bei ihrer Großmutter zur Sprache.

»Sie wollte erst gar nicht mit mir reden«, berichtete Zahra. »Seit es nicht mehr nach ihrer Nase geht, bin ich für sie, scheint's, nur noch … ein Niemand.«

»Tja, ich will gar nicht so tun, als würde ich sie besonders mögen«, sagte Serena. »Aber jede Beziehung hat ihre Höhen und Tiefen. Du darfst einem einzigen Anruf nicht zu viel Bedeutung beimessen.«

»Aber sie war so …« Zahra zuckte mit den Schultern. Serena drückte ihre Hand. »Das tut mir leid.«

»Mir nicht«, antwortete Zahra wie aus der Pistole geschossen. »Sie wollte mich ausnutzen, und solche Leute kann ich gar nicht gebrauchen. Ich habe ja mehr als genug nette Menschen um mich herum.« Sie beugte sich vor und rieb ihre Nasenspitze gegen meine. Wieder einmal legte sich ihr Haar wie eine dunkle Gardine vor unsere Gesichter. »Egal«, dachte sie laut, »Mrs. Trinci ist sowieso viel besser als Oma Wazir.«

Die Bedeutung dieser Bemerkung musste Serena erst einmal verarbeiten. »Nun, sie ist jedenfalls anders«, sagte sie dann leise.

»Nein. Besser.« Zahra setzte sich auf und schüttelte entschieden den Kopf.

»Wie kommst du darauf, dass ein Mensch ›besser‹ sein könnte als der andere?«

»Sie macht bessere Schokokekse. Oma Wazir kann ja noch nicht mal Wasser kochen – das muss ein Diener für sie machen.«

Serena lächelte. »Stimmt, backen kann Mom natürlich wirklich gut.«

»Und sie ist viel lustiger. Mrs. Trinci ist immer so …«, sie warf die Hände in die Luft und wedelte damit herum. »La, la-la, la-la.«

»Das auf jeden Fall!«, kicherte Serena. »Aber dass dich jemand zum Lachen bringt und leckere Kekse backen kann, ist noch lange kein Grund, ihn einem anderen vorzuziehen.«

»Außerdem mag sie meine kleine Rinpoche«, meinte Zahra ernst. »Während Oma Wazir sie nicht leiden kann und allergisch auf sie ist. Das sagt doch eigentlich schon alles, oder?«

Darauf wusste Serena keine Antwort. Zahra streichelte mich schweigend. »Rinpoche muss auch mit zur Einweihungsfeier kommen«, sagte sie dann.

»Das ist sehr nett von dir, mein Schatz, aber ich weiß nicht so recht, ob das das Richtige für eine Katze ist.«

Ach nein? Offenbar sind selbst die wohlmeinendsten Menschen nicht immer vor Irrtümern gefeit.

»Aber wenigstens besuchen darf sie uns doch mal?«, fragte Zahra.

»Selbstverständlich. Sobald wir uns eingerichtet haben.«

Glaubte sie wirklich, dass ich so lange warten würde? Schließlich gibt es nichts Interessanteres für uns Katzen als ein Haus voller Umzugskartons …

Später an diesem Nachmittag hielt ich mich wie so oft auf dem Fensterbrett auf. Seine Heiligkeit saß derweil am Schreibtisch und arbeitete mit hoher Konzentration. Er hatte an dem Tag noch keine Besucher empfangen und war, während ich nach einer Siesta mit anschließender Meditation einen kurzen Ausflug in die Katzenminze unternommen hatte, nicht ein einziges Mal von seinem Schreibtisch aufgestanden.

Jetzt hatte er genug gearbeitet, fand ich.

Ich sprang vom Fensterbrett, schlich auf ihn zu und ging fest davon aus, dass meine bloße Anwesenheit genügen würde, um ihn abzulenken.

Falsch gedacht.

Ich trottete an seinem rechten Knöchel vorbei, kehrte um und umkreiste den linken, wobei ich mit meinem luxuriös wuscheligen Fell seine Füße massierte. Er beachtete mich gar nicht.

Kurz überlegte ich, ihm meine Zähne in die empfindliche Stelle an seinen Knöcheln zu schlagen, entschied mich dann aber für eine andere Taktik: Ich setzte mich neben den Schreibtisch, sah ihn mit großen saphirblauen Augen an – und schnurrte.

»Ach, kleine Schneelöwin«, rief er sofort. »Habe ich dich vernachlässigt?« Er schob den Stuhl zurück, beugte sich vor, hob mich auf und trug mich zum Fenster.

»Der Zauber des Augenblicks«, murmelte er, während wir auf die Dämmerung über dem Namgyal blickten.

Die letzten Strahlen der untergehenden Sonne tauchten den Innenhof in leuchtendes Gold. Auf ihren Sandalen schritten Mönche gemächlich vom Tempel zu ihren Quartieren. Die letzten Touristen des Tages schossen am Tor noch ein Foto vom Kloster mit dem dahinter aufragenden Himalaja.

Wenig später war aus der Innenstadt von Dharamsala das Heulen einer Ambulanz zu hören – leise erst, dann immer lauter, als der Krankenwagen den Hügel nach McLeod Ganj hinauffuhr. Schon zeigten sich die Köpfe der ersten Neugierigen in den Klosterfenstern.

Bevor der Krankenwagen das Tor erreichte, verstummte die Sirene.

Der Dalai Lama drückte mich fest an sich. Wir mussten beide an das letzte Mal denken, als wir einen Krankenwagen aus der Nähe gesehen hatten.

»Aus Leid entsteht Wachstum. Nicht wahr, meine Kleine?« Seine Heiligkeit wollte mich offenbar an jenen Abend erinnern, an dem wir die Lichter im Tempel betrachtet hatten, und insbesondere an die symbolische Bedeutung des Lotos. »Manchmal braucht es eben einen Schock, ein äußeres Ereignis, damit wir zu einem sinnvolleren Leben finden.«

Während ich noch darüber nachdachte, fügte der Dalai Lama hinzu: »Aber ich weiß ja, dass du das auch längst herausgefunden hast.«

Die Bestätigung, dass ich ein kleines, aber wichtiges Stück gewachsen war, brachte mich zum Schnurren. Während ich an die Monate zurückdachte, die seit Mrs. Trincis Herzinfarkt und ihrer ersten Meditationsstunde ins Land gezogen waren, begriff ich, wie viel ich über die schlichte, wiewohl lebensverändernde Praxis des im Hier-und-Jetzt-Seins gelernt hatte.

Zuerst hatte ich erfahren, dass ich nicht die Einzige war, die unter Flöhen litt. Auch Menschen haben mit großer geistiger Unruhe zu kämpfen, wenn sie mit der Meditation anfangen. Die arme Mrs. Trinci hatte sogar gedacht, sie wäre unfähig, ihren Geist zur Ruhe zu bringen. Erst der Dalai Lama hatte sie vom Gegenteil überzeugt.

Geshe-las Lehren über Selbstachtung, die Francs Leben von Grund auf umgekrempelt hatten, waren auch für mich und meine Meditationsbemühungen von größter Bedeutung. Während man mit erbarmungsloser Selbstkritik keinen Schritt weiterkam, konnte selbst der kleinste Fortschritt einen entscheidenden Wendepunkt markieren. Wie an jenem Morgen, als es zum fünften Mal hintereinander Dosenfutter zum Frühstück gab und ich dann mittags auch noch wegen Personalmangels im Himalaja-Buchcafé auf meine geliebte Sole meunière verzichten musste: Da hatte ich plötzlich kapiert, dass mein Verdruss nicht den äußeren Umständen geschuldet war, sondern dem Zustand meines Geistes. Ich hatte erst begreifen müssen, dass ich zwar nicht die Welt verändern kann, wohl aber meine Sichtweise darauf. Selbst meine bis dato äußerst bescheidenen und scheinbar gänzlich nutzlosen Bemühungen um mehr Achtsamkeit hatten schon gereicht, um mich ein wenig vor den unvermeidlichen Wechselbädern des Lebens zu schützen. Was für eine wunderbare Erkenntnis! Sie war beinahe – und wer hätte gedacht, dass ich so etwas je sagen würde – fünfmal Dosenfutter zum Frühstück wert!

Achtsamkeit macht die Welt schöner. Für Mrs. Trinci wurden die Musik ergreifender und die Blumen herrlicher. Für mich nahm die Katzenminze eine noch berauschendere Qualität an. Wenn ich meine Sinne schärfte, achtsam und aufgeschlossen war, konnte ich selbst an den einfachsten Dingen Freude finden.

Und ich hatte erkannt, dass ich mehr als fünf Sinne habe. Wie Seine Heiligkeit der berühmten Chefin jener Online-Zeitung erklärt hatte, können wir nicht nur allem Beachtung schenken, was wir sehen, hören oder riechen, sondern auch unseren Gedanken – indem wir sie einfach nur beobachten, uns aber nicht darin verlieren. Die Erkenntnis, dass man nicht jedem Gedanken nachhängen sollte, sondern ihn besser objektiv analysiert, war geradezu revolutionär. Im Yogastudio hatte Ludo erklärt: Um alte Gewohnheiten abstreifen zu können, ist es unerlässlich, sich Raum zu schaffen und in Achtsamkeit zu üben. Und was hatte mein neuer Freund, der Chauffeur, im Garten beobachtet? Erst wenn wir erkennen, was sich bei uns im Kopf so alles abspielt, können wir Blumen pflanzen und Unkraut ausreißen.

Auch den Äußerungen des Zwitschermannes hatte ich intensiv gelauscht. Was er über seine Mitarbeiter erzählt hatte, die aufgrund von Achtsamkeitsübungen innovativer, produktiver, zufriedener und teamfähiger geworden waren, fand ich nicht uninteressant. Obwohl es für Katzen, die auf Fensterbrettern sitzen, natürlich spannendere Themen gibt.

Da war die Wahrheit, die Yogi Tarchin angesprochen hatte, für mich persönlich schon mehr von Belang: dass uns nämlich das Verbleiben im Hier und Jetzt sowohl vor Zukunftsängsten als auch vor den Nachwehen einer traumatischen Vergangenheit schützt. Und wie Olivers und Tenzins statistische Kloster-Analyse belegte, wirkt sich dies auch körperlich positiv aus, in Form einer besseren Gesundheit und höherer Lebenserwartung.

Ein Thema, das Seine Heiligkeit ebenfalls oft ansprach und über das sich auch Ani Drolma kürzlich mit Serena unterhalten hatte, zog sich wie ein roter Faden durch die Begegnungen der vergangenen Wochen: Achtsamkeit ist der Schlüssel zur wahren und reinen Natur des Geistes selbst. Mit ihrer Hilfe erkennen wir nach und nach die strahlende Grenzenlosigkeit des Geistes, sowohl was Gefühle als auch die Wahrnehmung angeht. Wenn wir uns darauf einlassen, werden wir mit tiefem Frieden und dauerhaftem Wohlbefinden belohnt.

»Ganz richtig, meine kleine Schneelöwin«, sagte der Dalai Lama, als wüsste er genau, was ich dachte. »Das wertvollste Terma überhaupt liegt nicht in einer Höhle in den Bergen, sondern in uns selbst. Wir müssen nur den Schleier lüften, die Flöhe abschütteln. Dann begreifen wir, dass reine, große Liebe und reines, großes Mitgefühl unsere Natur sind.«

Und wo könnte man dieser wundervollen Wahrheit näher sein als in den Armen Seiner Heiligkeit?

∞

Neben spirituellen beschäftigten mich aber auch sehr praktische Fragen. Insbesondere die, wie es im Tara Crescent 21 voranging. Ein Thema, das übrigens auch im Himalaja-Buchcafé beinahe täglich zur Sprache kam.

Als ich an einem ansonsten ereignislosen Nachmittag hörte, dass Sids und Serenas neues Zuhause nun über Parkett, Teppiche und Vorhänge verfügte, fand ich es an der Zeit, ihm einen weiteren Besuch abzustatten. Nach einer kurzen Rast im Garten ging ich weiter die Straße hinauf, bis ich das Schild der Baufirma vor der Einfahrt erreichte. Inzwischen waren zwei mächtige Torpfosten in den Boden getrieben worden. Am linken hing eine »21« aus Messing, am rechten ein Briefkasten. Die ausladenden Torflügel selbst waren aus schwarz lackiertem Schmiedeeisen. Momentan standen sie zwar offen, zum Glück aber waren auch die Abstände zwischen den Gitterstäben breit genug, dass ein pelziger, langhaariger Katzenkörper hindurch passte.

Als ich auf dem Grasstreifen neben dem Kiesweg auf das Haus zuging, stellte ich fest, dass das Gestrüpp im Garten entfernt worden war. Auf den Blumenbeeten lag eine dicke Kompostschicht, aus der eine Vielzahl verschiedener Blumenarten spross – alles war wie verwandelt.

Das frisch gestrichene, blitzblank geputzte Haus selbst sah ebenso unwirklich wie einladend aus – ganz besonders der Turm, der als einsame, von Blättern umrankte Silhouette vor dem Bergpanorama aufragte.

Ich hätte meine Erkundung gern fortgesetzt, liebe Leser, aber es war unmöglich. Sechs Lieferwagen standen direkt vor der Haustür. Männer in Arbeitskleidung eilten mit allerlei Werkzeug und Mobiliar zwischen den Lastwägen und dem Haus hin und her. Aus dem Inneren drang eine Kakofonie aus Bohrmaschinen, Hämmern und gebrüllten Befehlen. Einmal kam Mr. Patel mit dem Handy am Ohr aus dem Haus und lotste eine Gruppe von Männern, die einen Kronleuchter trugen, mit hektischen Gesten durch die Tür.

Fasziniert setzte ich mich und beobachtete die Aktivitäten. Meine Neugier auf das Innere des Hauses hatte sich inzwischen noch gesteigert, doch heute war dies nicht der geeignete Ort für eine Katze. Ich würde mich gedulden müssen. Den richtigen Moment abwarten. Bald, sagte ich mir. Bald. Sobald die Luft wieder rein war, würde ich zurückkehren. Ich musste unbedingt den Turm besteigen und die Aussicht aus einem der großen Panoramafenster genießen. Schauen, wie die Welt von da oben aussah.

Leider ließ sich mein Vorhaben nicht so schnell in die Tat umsetzen wie gedacht, denn die Bauarbeiten wollten einfach kein Ende nehmen. Nach allem, was Serena im Café erzählte, nahm die Hektik sogar noch zu, je näher die Einweihungsfeier rückte. Ein Geschwader von Lieferanten, die Geschirr, Blumen und Partymöbel herbeischleppten, löste die Armee der Bauarbeiter ab. In den Tagen vor dem großen Fest schaute auch Kusali öfter vorbei und vergewisserte sich, dass alles zu Sids und Serenas Zufriedenheit lief.

Erst am Tag der Feier selbst wagte ich mich wieder zum Tara Crescent 21 hinauf. Es war einer jener wunderschönen Himalaja-Nachmittage, an denen der Himmel strahlend blau, die Luft klar ist und alle Welt die von Insektensummen und Vogelgesang untermalte Sonnenwärme zu genießen scheint.

Als ich mich der Einfahrt näherte, bemerkte ich, dass das Schild der Baufirma verschwunden war. Tor und Mauern, die das Grundstück begrenzten, machten einen herrschaftlichen Eindruck. Der gepflegte Garten dahinter sah aus, als wäre er nie in einem anderen Zustand gewesen.

In der Einfahrt stand jetzt kein Fahrzeug mehr. Das Haus lag ruhig, einladend und endlich von Staub und Lärm befreit in der Dämmerung. Zimmerlampen sandten warmes Licht durch die Fenster. Das Gebäude wirkte jetzt bewohnt, war nicht mehr nur eine Villa, sondern ein Zuhause. Bildete ich es mir nur ein, oder zog der Turm den Blick – und mit ihm das Herz – tatsächlich magisch an?

Ich schlich auf die Veranda, auf der nun kein einziges Staubkorn mehr zu sehen war. Die Fensterscheiben glänzten. Durch die geöffneten Balkontüren betrat ich einen großen, eigens für die Feier geschmückten Saal. Mit seinen cremefarbenen Wänden und den goldschimmernden Vorhängen wirkte der Raum atemberaubend. Und dann erst die gemütlichen Samtsofas, die vor dem Kamin gruppiert waren! Ich konnte mir durchaus vorstellen, mich in einer kalten Winternacht auf einem von ihnen zu räkeln. Überall standen flackernde Teelichte in kleinen bunten Gläsern mit Messingverzierungen. Leise Barockmusik drang aus unsichtbaren Lautsprechern.

Neugierig wackelte ich über einen reich bestickten Teppich und gelangte durch eine Tür in einen Flur, der mir bereits bekannt war. Doch im Unterschied zu meinem ersten Besuch stieß ich jetzt nicht mehr auf dumpf hallende Leere, sondern fand mich in einem palastartigen Ambiente wieder, das eines Aladins würdig gewesen wäre: üppig möblierte Räume, verwinkelte Gänge, allerlei Treppen und Innenhöfe.

Da fiel mir auch der sumpfige Gartenteich wieder ein. An dessen Stelle versprühte nun ein Springbrunnen seine silbernen Fontänen. Im Wasserbecken darunter glitten große goldene Koi-Karpfen elegant umher. Auch diesen Ort schloss ich sofort ins Herz.

Das Musikzimmer mit dem Flügel hatte eine ähnliche Verwandlung durchgemacht. Mit den Stühlen, Tischen und den Gemälden an den Wänden wirkte es seltsamerweise größer als zuvor. Der Deckel des auf Hochglanz polierten Instruments in der Mitte des Raumes war aufgeklappt. Noten lagen bereit – zweifellos hatten sie mit Francs und Ewings Plänen für den heutigen Abend zu tun.

Als ich in den Raum zurückkehrte, in dem ich Zahra zum ersten Mal gesehen hatte, witterte ich Serenas Parfüm und begab mich auf seine Spur. Bald hörte ich Stimmen, die aus dem vorderen Teil des Hauses zu kommen schienen. Genauer konnte ich es nicht sagen, da ich mich inzwischen hoffnungslos verirrt hatte. Ich bog um eine Ecke. »Du hast doch gesagt, wir sollen noch warten?« Das war Zahras Stimme.

»Stimmt«, entgegnete Sids Bariton. »Aber ich glaube, wir können vorher noch einen Augenblick allein miteinander verbringen. Nur die Familie.«

»Er muss gleich da sein!«, rief Serena aufgeregt.

Ich umrundete eine weitere Ecke und stand wieder in einem Flur. Sid sperrte gerade eine Tür auf. Serena stand an seiner Seite.

»Ich kann's kaum mehr erwarten!«, rief Zahra immer wieder und trat voller Aufregung auf der Stelle.

Alle drei hatten sich ordentlich herausgeputzt: Sid, standesgemäß in schwarzem Anzug und weißem Hemd mit Mandarinkragen, ganz Maharadscha. Und neben ihm seine Prinzessin – Serena, die ein korallenrotes Kleid und eine goldene Halskette trug. Zahra wirkte in ihrem schimmernden türkisfarbenen Sari älter und reifer als sonst.

Sie war es auch, die mich als Erste bemerkte.

»Darf Rinpoche mitkommen?«, fragte sie ihren Vater.

Sid und Serena drehten sich zu mir um.

»Ja, hallo!«, rief Serena und kam auf mich zu. »Was für ein perfektes Timing! Woher wusstest du …?«

Sid sah mich freundlich an. »Uns Nahestehende spüren so etwas einfach«, murmelte er.

Zahra hatte sich schon vorgebeugt, um mich zu streicheln. »›Nur die Familie‹, hast du doch aber gesagt.«

»Eben«, gab er zurück, drehte den Schlüssel im Schloss und öffnete die Tür, hinter der eine ungewöhnlich steile Wendeltreppe zum Vorschein kam. »Und die wäre damit jetzt auch komplett.«

Zahra hob mich auf und folgte Sid und Serena, die ganz offensichtlich noch nie einen Fuß auf diese Stufen gesetzt hatte. Im Turm war es kühl und dunkel. Die Treppe schien kein Ende nehmen zu wollen. Was ein Glück, dass ich getragen wurde – meine Beine hätten schon lange vor dem Ziel schlapp gemacht.

Immer weiter ging es die Spirale hoch. Im leeren Treppenhaus hallte jeder Schritt. Endlich vernahm ich das Knarren einer uralten Tür. Sid trat als Erster durch einen Bogengang, in den von der anderen Seite her sanftes Licht fiel. Serena folgte ihm, danach Zahra mit mir auf den Armen.

Der Raum, in dem wir uns jetzt befanden, lag bedeutend höher als das übrige Haus. Seine Wände bestanden zu allen vier Seiten aus großen Panoramafenstern. Wir waren gerade rechtzeitig zum Sonnenuntergang eingetroffen. Über alles hatte sich ein goldener Schimmer gelegt. Und in seiner Vergänglichkeit war das warme, weiche Licht der Dämmerung von einem ganz besonderen Zauber. Schweigend genossen wir den Sonnenschein. Die Zeit schien stillzustehen. Es war fast zu schön, um wahr zu sein. Zum ersten Mal standen wir als Familie an diesem ganz besonderen Ort – gebannt vom himmlischen Farbspiel des hereinbrechenden Abends.

Doch noch schien die Sonne am Horizont zu hell, als dass wir direkt in ihre Richtung hätten sehen können, daher trug mich Zahra zu einem anderen Fenster, das Aussicht auf den Garten bot. Während Sid und Serena hinter uns standen, ließen wir die Blicke über den Rasen und die gekrümmte Auffahrt tief unter uns schweifen. Kusali und seine routinierten Kellner in ihren gestärkten weißen Uniformen stellten gerade die Gartentische auf. Von hier oben war die Symmetrie der bunten Blumenbeete deutlich zu erkennen. Aus dieser Perspektive wirkte alles wohlgeordnet, gediegen und von zurückhaltender Eleganz.

Wir gingen zum gegenüberliegenden Fenster und sahen den mächtigen Himalaja vor uns. Von hier aus wirkten die Gipfel verblüffend nahe. Es war nicht nur ein einzelner Grat, der sich da vor uns auftat, sondern Welle über Welle von Bergkuppen, die sich bis zum Horizont erstreckten. Die schneebedeckten Spitzen glitzerten im Sonnenlicht. Bäche rauschten wie flüssiges Gold seitlich an ihnen herab.

»Er ist da!«, hallte eine Stimme zu uns herauf.

Zarah eilte an das Fenster zurück, das auf den Garten ging. Eine unverwechselbare Gestalt in roter Robe kam die Einfahrt hinauf.

Sid lief ohne ein weiteres Wort davon, und kurz darauf hörten wir seine Schritte auf der Treppe.

»Sollen wir auch mitkommen?«, fragte Zahra, sobald Serena ihm folgen wollte.

»Nein, bleibt lieber hier«, sagte Serena. »Die Leibwächter Seiner Heiligkeit haben ihm von dem Turm erzählt. Und da wird er es sich bestimmt nicht nehmen lassen ...«

Natürlich! Der Dalai Lama mag zwar erleuchtet sein und mehr Dimensionen der Realität kennen, als man sich vorzustellen vermag; doch was die Welt um ihn herum angeht, ist er zugleich neugierig wie ein Kind und macht daraus auch kein Geheimnis. Ein Haus mit einem hohen Turm? Natürlich wollte er da hinauf!

Zahra und ich standen am Fenster und beobachteten das Treiben unter uns. Sid und Serena traten aus dem Haus und überreichten Seiner Heiligkeit die traditionellen weißen Schals. Er nahm erst die eine Khata entgegen und dann die andere, drapierte sie über die Schultern der Gastgeber, legte beiden kurz die Hände in den Nacken und murmelte einen Segen.

Dann waren Schritte auf der Treppe zu hören, gedämpfte Stimmen und das ansteckende Kichern des Dalai Lama.

Sobald Seine Heiligkeit den Raum betrat, wurde das Sonnenlicht weicher und war nicht mehr so stechend. Jetzt konnten wir direkt zum Horizont blicken. Das Licht durchdrang uns, wir wurden eins mit ihm, badeten in der Abendröte. In der Gegenwart des Dalai Lama war es, als würden wir zu Glanz und Glückseligkeit, als erinnerte er uns hier, an diesem transzendenten Ort, an unsere wahre Natur.

Schließlich wandte er den Blick vom Horizont ab. Nachdem Seine Heiligkeit sich vor Zahra verbeugt und mir den Kopf gestreichelt hatte, legte er die Hände vor dem Herzen zusammen und flüsterte ein Mantra. Dann ging er zu dem anderen Fenster, um sich den Garten, die Berge und den Kiefernwald anzuschauen. Die vom Licht der untergehenden Sonne beschienenen Äste wiegten sich im Wind.

Er drehte sich zu Serena und Sid um und lächelte. »Ihr braucht meinen Segen eigentlich gar nicht«, sagte er.

»Mit eurer Dharma-Praxis werdet ihr dieses Haus selbst segnen.«

Serena konnte nur die Hände vors Herz legen. Sie brachte kein Wort heraus.

»Vielen Dank, Eure Heiligkeit«, sagte Sid, der neben ihr stand.

Der Dalai Lama bedachte die beiden mit einem letzten Blick, dann wandte er sich Zahra zu, die mich gerade behutsam auf einen Stuhl in der Mitte des Raums setzte. »Zwischen euch herrschen sehr positive karmische Verbindungen«, sagte er nickend.

Ich machte es mir auf dem Stuhl bequem. Zahra streichelte mich. »Sie ist mein kleines Mädchen«, murmelte sie, anscheinend als Antwort auf die Bemerkung Seiner Heiligkeit.

»Ja«, flüsterte er kurze Zeit später mit warmer Stimme. »Kaum eine Bindung ist stärker als die zwischen Mutter und Tochter.«

Auch dies schien nur eine Antwort zu sein, doch in seiner Stimme schwang noch weit mehr mit. Ich hob den Kopf. Zahra blickte mir direkt in die Augen. Wir sahen uns lange an, bevor sie sich vorbeugte und mir ein Küsschen auf den Kopf gab.

Und dann war der Dalai Lama auch schon wieder verschwunden. Er war die Treppe hinuntergegangen, hatte sich noch eine kurze Führung durch die Villa geben lassen und war dann in Begleitung seiner Leibwächter zu Fuß in Richtung Namgyal aufgebrochen.

Sobald er fort war, trafen die anderen Gäste ein. Jeder, der bei seiner Ankunft den Turm erblickte, wollte hinaufsteigen. Mrs. Trinci machte den Anfang; zwar brauchte sie ein Weilchen, bis sie die steile Treppe geschafft hatte, doch der Ausblick war es ihr wert. Und so unglaublich es klingen mag: Es verschlug ihr glatt die Sprache. Wenig später schlossen sich Franc und Ewing an. Sid und Serena bestanden darauf, dass auch die Köche und Kellner den Ausblick genossen, solange noch ein Lichtstreif im Westen zu erkennen war. Ich hatte mich auf dem Stuhl zusammengerollt und döste vor mich hin. Trotz der vielen Gäste und des Lärms von unten – Musik, Gelächter, das Knallen von Champagnerkorken – vergaß ich alles um mich herum.

Viel später spürte ich Zahras Wange auf meinem Kopf. »Tut mir leid, Rinpoche. Ich hab ganz vergessen, dich abzuholen.«

Sie hob mich hoch und ging zum Gartenfenster hinüber. Lichterketten in allen Farben waren kreuz und quer über die Rasenfläche gespannt. Ich sah juwelenbehängte Frauen in Saris, Männer in dunklen Jacketts und Kellner, die Tabletts mit Kanapees umhertrugen.

Aus dem Treppenhaus duftete es herrlich nach Fisch. Jetzt war ich wieder richtig wach. Was für ein Glück, dass Zahra mich noch rechtzeitig abgeholt hatte.

»Sollen wir etwas essen?«, fragte sie.

Das nenne ich mal Gedankenlesen!

Die Party war in vollem Gange. Zahra trug mich durch das von einem verführerischen Duft nach Blumen und köstlichen Speisen erfüllte Wohnzimmer, in dem sich die Gäste drängten, und brachte mich in die geräumige Küche. Auf einer Holzbank in der Frühstücksecke setzte sie mich ab, und bald schon servierte mir Kusali ein köstliches Stück gegrillten Fisch.

Zahra überließ mich meinem Mahl, was mir sehr recht war, weil ich gern in Ruhe speise. Anschließend sprang ich von der Bank und humpelte zur Hintertür. Nachdem ich das Gebäude umrundet hatte, machte ich mich über die Einfahrt auf den Nachhauseweg; auf der Feier hielt mich nichts mehr. Was ich im Turmzimmer erlebt und was Seine Heiligkeit dort gesagt hatte, genügte mir vollkommen. In diesem Licht würde ich mich noch lange sonnen können.

Auf dem Weg kam ich an meinem Garten vorbei und beschloss, die Gelegenheit zur Verrichtung eines gewissen Geschäfts zu nutzen. Der Garten war menschenleer und wurde nur vom Mondlicht erhellt. Ich erleichterte mich in einem Beet mit lockerer Erde und wollte gerade wieder gehen, als ich ein Knarren hörte. Ich drehte mich um. Die Tür zum Schuppen stand offen und bewegte sich im Wind.

Bei meinem letzten Besuch hatte ich mich kaum eine Minute lang im Schuppen umsehen können, bevor mich der Chauffeur dazu veranlasste, zwischen die zwei Säcke zu fliehen. Es gab also noch vieles zu erforschen …

Ich schlich über den Rasen und schlüpfte in den Schuppen. Dann hielt ich inne, um die verschiedenen

Gerüche zu erschnuppern: Mulch und Unkrautvernichtungsmittel, Humus und Dünger. Anscheinend war der Chauffeur in Eile, als er die Hütte verlassen hatte. Eine Schaufel lag unordentlich neben einer Baumschere und Gartenhandschuhen auf dem Boden. An diesen roch ich gerade, als ein weiteres Knarren ertönte, diesmal lauter und länger. Ein ohrenbetäubendes Krachen schloss sich an. Plötzlich lag der Schuppen in völliger Dunkelheit.

Ich begriff, was geschehen war, und miaute instinktiv. In der Kälte der Finsternis kam mir der Geruch der Chemikalien noch intensiver vor. Sollte ich etwa die Nacht hier verbringen? Die Tür würde ich unmöglich öffnen können, und eine andere Fluchtmöglichkeit war nicht in Sicht. Ich saß in der Falle, bis der Chauffeur zurückkam. Doch wie lange würde das dauern? Gerade hatte ich noch jene wundervollen Momente im Turm erlebt – und nun sollte ich elend an einer Chemikalienvergiftung verrecken?

Ich miaute verzweifelt weiter. Wusste weder ein noch aus. Wie um alles in der Welt sollte ich mich aus dieser Lage befreien? Ich tigerte in dem engen Schuppen hin und her, suchte nach einem Spalt in der Wand oder nach einer Nische, in der ich den giftigen Dämpfen nicht allzu sehr ausgesetzt war.

Plötzlich knarrte es wieder. Ich blickte auf. Jemand zerrte an der Tür und riss sie auf.

Zwei kräftige Hände hoben mich hoch. Genauso hatte mich schon einmal jemand hochgehoben, genauso sicher hatte ich mich schon einmal in den Händen eines

Menschen gefühlt. Es waren dieselben Hände. Derselbe Mensch. Der große Mann, der mich auf der Flucht aus Tibet vor dem sicheren Tod bewahrt hatte.

Als er mich nach draußen trug, erspähte ich sein Gesicht. Aber ich wusste natürlich längst, wer es war.

Der Chauffeur.

Später an diesem Abend saß Seine Heiligkeit am Schreibtisch und studierte das Terma des »Großen Fünften«. Ich war's zufrieden, auf dem Fensterbrett zu sitzen, den friedlichen Innenhof zu beobachten und über die vielen dramatischen Erkenntnisse nachzudenken, die ich in letzter Zeit gewonnen hatte.

Nun war auch die letzte Abendmeditation beendet. Die Mönche des Namgyal verließen den Tempel und begaben sich in ihre Quartiere. Der Dalai Lama stand auf und setzte sich neben mich auf das Fensterbrett. Gemeinsam verfolgten wir das nächtliche Ritual, bei dem die Lichter nach und nach gelöscht wurden. Erst verschwand das goldene Dach mit seinen Glückssymbolen in der Dunkelheit. Dann die Tempelstufen. Und am Ende die Lotosblüte.

Diesmal musste mich Seine Heiligkeit nicht an die Bedeutung der Lotosblüte erinnern. Oder daran, dass Leid als Katalysator für die spirituelle Weiterentwicklung dienen kann. Das hatte ich bereits selbst herausgefunden. Doch was das Verständnis des Schatzes anbelangte, des

Termas des Geistes, stand ich noch am Anfang. Die Verbindungen zwischen mir und denen, die mir am nächsten standen, waren wie die Fäden eines kompliziert gemusterten Teppichs.

»Dieses Terma ist eine sehr inspirierende Lektüre, meine kleine Schneelöwin«, murmelte der Dalai Lama neben mir. »Manchmal müssen wir erst wieder an unsere Fähigkeiten erinnert werden. Denn wir alle können Dinge vollbringen, die unsere kühnsten Träume übersteigen. Die Schulung des Geistes ist nicht einfach. Aber gelegentlich …«, er streichelte mein Gesicht, »gelegentlich erhaschen wir einen Blick auf etwas, das viel größer ist als wir selbst. Und dann hat sich all die Mühe gelohnt.«

Ich rieb mein Gesicht an seiner Hand. Ja, solche Einblicke sind auch mir bereits vergönnt gewesen, dachte ich. Aber nur, weil er mich dazu inspiriert hat. Und dafür würde ich ihm ewig von Herzen dankbar sein.

Und was das Beste war: Diese Reise, wusste ich, würde immer schöner werden.

Eine Anleitung zur Meditation

verfasst von niemand anderem als der Katze
Seiner Heiligkeit persönlich

Liebe Leser, ihr habt doch hoffentlich nichts
dagegen, wenn ich euch auf den letzten Seiten
dieses Buches einzeln anspreche – und duze?
Danke.
Nun denn, fangen wir an.

Such dir eine ruhige Ecke, wo du ungestört bist. Ein
Plätzchen, an dem sich auch eine Katze wohl- und be-
schützt fühlen würde, wie zum Beispiel die Stelle auf
dem Boden im Schlafzimmer, auf die das Sonnenlicht
fällt. Stell dein Handy auf lautlos und die Weckfunktion
so ein, dass es in zehn Minuten einen sanften Ton von
sich gibt. Du musst nicht gleich in den Lotossitz gehen
oder die Beine verschränken. Schnapp dir ein paar Kissen,

wenn du willst, leg sie auf den Boden und setz dich. Wenn du einen Stuhl bequemer findest, spricht auch nichts dagegen – solange er eine gerade Rückenlehne hat.

Halt den Rücken aufrecht, ohne ihn zu verspannen. Leg die Hände in den Schoß, die rechte Handfläche auf die linke – wie zwei Muschelschalen. Führe die Daumenspitzen aneinander, um den Energiekreis zu schließen. Lass deine Schultern bequem hängen. Schließ die Augen und entspanne die Gesichtsmuskeln. Leg die Zungenspitze gleich hinter den Vorderzähnen an den Gaumen. Wenn dein Geist sehr unruhig ist, senkst du den Kopf etwas. Solltest du müde sein, kannst du ihn ein Stückchen anheben.

Gib dir jetzt ganz bewusst die Erlaubnis, nicht an deine Sorgen oder Probleme zu denken. Ab sofort wird alles, was du gerade noch im Kopf hattest, völlig irrelevant. Du meditierst. Nimmst dir eine Auszeit von deinen üblichen geistigen Aktivitäten. Du gönnst dir eine Pause, in der du dich regenerierst, zu deinem inneren Gleichgewicht zurückfindest und die Akkus wieder auflädst. Sei pures Bewusstsein – ohne Vergangenheit, ohne Zukunft. Sei einfach im Hier und Jetzt.

Vorsicht: Inzwischen bist du zu einem »Katzenmagneten« geworden. Wenn du mit einem geliebten Vierbeiner zusammenlebst, gesellt er sich bestimmt jeden Moment zu dir.

Mach dir die Absicht deiner Meditation bewusst, indem du laut oder leise die folgenden Worte sprichst:

Durch diese Meditation
werde ich ruhig und entspannt,
glücklicher und effizienter in meinen Taten,
um meiner selbst und auch der anderen willen.

Richte deine Aufmerksamkeit auf die Nasenlöcher. Nimm wahr, wie die Luft durch die Nase in deinen Körper eindringt und ihn auch wieder verlässt. Spüre deinen Atem beim Einatmen … und beim Ausatmen. Mit dem nächsten Ausströmen der Luft beginnst du zu zählen: eins. Und zwei: das darauf folgende Ausatmen … und drei … und vier … Nach jeweils vier solcher Zyklen beginnst du von vorn: ausatmen – eins. Und zwei … und immer so weiter. Dabei bleibst du ganz auf das Empfinden der Luft konzentriert, die durch deine Nasenlöcher strömt.

Dir wird auffallen, dass sich während des Meditierens deine Atmung verlangsamt. Beobachte, wie jedes Ein- und Ausatmen seinen Anfang nimmt, stärker wird und verebbt. Solltest du abgelenkt werden oder dich langweilen, kehrst du einfach wieder zum Objekt deiner Meditation zurück: dem Atem.

Sobald der Handy-Alarm ertönt, wirst du bemerken, dass sich nicht nur deine Atmung verlangsamt hat, sondern du dich auch entspannter fühlst, sowohl psychisch als auch körperlich. Beende die Meditation, wie du sie begonnen hast, mit den Worten:

> *Durch diese Meditation*
> *werde ich ruhig und entspannt,*
> *glücklicher und effizienter in meinen Taten,*
> *um meiner selbst und auch der anderen willen.*
> *Auf dass alle Geschöpfe Glück*
> *und die wahren Ursachen des Glücks erfahren.*
> *Auf dass alle Lebewesen frei von Leid*
> *und den wahren Ursachen des Leids sein mögen.*
> *Auf dass alle Geschöpfe Gesundheit und Wohlstand*
> *genießen.*
> *Auf dass alle Geschöpfe ihren höheren Zweck erkennen*
> *und anderen eine Inspiration sind.*

Dann schiebst du deinen inzwischen bestimmt sanft schlummernden flauschigen Freund ganz vorsichtig von deinem Schoß und stehst auf.